ALBA SPERONI lebt im Sommer in Berlin, den Rest des Jahres in Neapel. Sie liebt das Mittelmeer fast so sehr wie die Berliner Freibäder, aber auch die Badewanne zu Hause.

18 Autorinnen erzählen vom Sommerglück: Faule, köstliche Nachmittage, die Freundinnen mit Nichtstun verbringen, fern von ihren Männern, von denen sie unablässig reden. Unter dem Himmel tanzen im blauen Kleid, während auf der schwarzen Moldau die Schwäne schlafen. Die Schülerin Rosie, eine schweifende Seele, und auf trotzige Art verliebt in die Sonne, die Salzluft, das Tun- und Lassenkönnen. Zwei Schwestern, die eine Qualle am Strand finden. Ein Gartenfest mit einer heimlichen Begegnung. – Denn »Der Sommer sei die beste Jahreszeit zum Küssen.«

SOMMER SPROSSEN

Geschichten vom Auftauchen des Glücks

Herausgegeben von
Alba Speroni

kanon verlag

Die in diesem Band versammelten Geschichten folgen in Schreibweise und Übersetzung den Ursprungstexten. Quellennachweise finden sich im Anhang.

»Der Sommer sei die beste Jahreszeit zum Küssen.«

Sayaka Murata

INHALT

VIRGINIA WOOLF

Brief an Vita

Ich habe meine Füße in der kastalischen Quelle [Delphi] gebadet; und alle Felsen waren mit blaßvioletten Glockenblumen überzogen – aber was hat es schon für einen Sinn, einer Engländerin von Blumen zu sprechen? Du kaufst sie in Sträußen: hier werfen sie sie dir an den Kopf. Ich habe nie so viele gesehen – gestern in Ägina war der ganze Hügel rot vor Sonnenröschen und gelben Mohnblumen, von denen ich eine für Dich pflückte – hier sind die vermodernden Blütenblätter. Das Meer drängt sich überall dazwischen – man erreicht die Spitze eines Hügels, und unten liegt das Meer. Und Schneeberge dahinter, und Buchten, wie sie waren, als Eva – nein, es sollte Persephone sein – dort badete. Kein einziger Bungalow, keine Hütte, keine Teestube. Reines Meerwasser auf reinem Sand ist fast das Schönste auf der Welt – du weißt, wie viele Male ich das gesagt und von alten Frauen mit Körben erzählt habe. Und so stürzten wir uns gestern ins Meer und schwammen in der Ägäis herum, während Seeigel und Anemonen, alle verwandelt, rot und gelb unter unseren Füßen wehten.

An Vita Sackville-West, 8. Mai 1932

CLARICE LISPECTOR

Heimliches Glück

Sie war dick, klein, sommersprossig und hatte viel zu krauses Haar, mit einem Stich ins Rotblonde. Sie hatte einen riesigen Busen, während wir anderen Mädchen noch flachbrüstig waren. Und als wäre das nicht genug, stopfte sie sich die Brusttaschen ihrer Bluse mit Bonbons aus. Aber sie hatte etwas, das jedes auf Geschichten versessene Kind gerne gehabt hätte: einen Vater mit einer Buchhandlung.

Viel Nutzen schlug sie daraus nicht. Und wir noch weniger: Selbst zu Geburtstagen bekamen wir von ihr kein Büchlein aus dem Laden des Vaters – und wäre es noch so billig –, sondern nur eine schlichte Postkarte, und zwar ausgerechnet eine Ansicht unserer eigenen Stadt Recife mit ihren Brücken, die wir in- und auswendig kannten. Auf die Rückseite schrieb sie in verschnörkelten Lettern Floskeln wie »Ehrentag« und »liebe Grüße«.

Aber welch ein Talent für Grausamkeit! Das Mädchen war reine Rachsucht, geräuschvoll Bonbons lutschend. Wie musste sie uns hassen, die wir so unverzeihlich hübsch waren, so schlank und groß gewachsen, mit frei fallenden Haaren. Mir gegenüber betrieb sie ihre sadistische Neigung mit ruhiger Unmenschlichkeit. In meiner Gier nach Lektüre bemerkte ich kaum, welchen Demütigungen sie mich unterwarf: Immer weiter bettelte ich, sie möge mir die Bücher borgen, die sie nicht las.

Bis der große Tag kam, an dem sie mich endlich einer Folter unterziehen konnte, die geradezu von chinesischer Raffinesse war. Scheinbar beiläufig sagte sie, sie besitze Monteiro Lobatos *Reinações de Narizinho*.

»Näsleins Vergnügungen« war ein dickes Buch, mein Gott, in diesem Buch konnte man leben, davon essen, darin schlafen.

Und ich konnte es mir nicht annähernd leisten. Sie lud mich ein, am nächsten Tag zu ihr zu kommen, dann werde sie es mir borgen.

Bis zum nächsten Tag verwandelte ich mich in die reinste Hoffnung auf Freude: Ich lebte nicht, ich schwamm gemächlich in einer sanften See, die Wellen schaukelten mich hin und her.

Am nächsten Tag ging ich, rannte ich buchstäblich zu ihr. Sie wohnte nicht in einem Mietshaus wie ich, sondern in einem Einfamilienhaus. Sie bat mich nicht herein. Stattdessen sah sie mir tief in die Augen und sagte, sie habe das Buch einem anderen Mädchen geliehen, ich möge am nächsten Tag wiederkommen. Mit offenem Mund trottete ich davon, doch schon bald ergriff die Hoffnung wieder von mir Besitz, und ich begann erneut, die Straße entlangzuhüpfen, in der mir eigenen seltsamen Art, mich durch die Straßen von Recife zu bewegen. Diesmal sogar ohne hinzufallen: Mich leitete die Aussicht auf das Buch, der nächste Tag würde kommen, die nächsten Tage würden später mein ganzes Leben sein, die Liebe zur Welt erwartete mich, ich lief hüpfend durch die Straßen wie immer und fiel kein einziges Mal hin.

Doch dabei blieb es nicht. Der geheime Plan der Buchhändlerstochter war gelassen und teuflisch. Am nächsten Tag stand ich also wieder vor ihrer Tür, lächelnd und mit pochendem Herzen. Um die ruhige Antwort zu hören: Sie habe das Buch noch nicht zurück, ich möge am nächsten Tag wiederkommen. Ich hatte ja keine Ahnung, dass sich später, im Laufe des Lebens, das Drama mit dem »nächsten Tag« immer wieder neu abspielen sollte. Und ich mit pochendem Herzen.

Und so ging es weiter. Wie lange? Ich weiß es nicht. Sie wusste, dass es endlos weitergehen konnte, solange nicht sämtliche Galle aus ihrem plumpen Körper abgeflossen war. Ich begann inzwischen zu ahnen, dass sie mich ausgesucht hatte, um mich leiden zu lassen, manchmal ahne ich so etwas. Doch selbst wenn ich es ahne, nehme ich es manchmal hin: als wäre derjenige, der mich leiden lassen will, verzweifelt darauf angewiesen.

Wie lange? Ich ging täglich zu ihr, ließ nicht einen Tag aus. Manchmal sagte sie: »Tja, gestern Abend war das Buch noch hier, aber du bist ja erst jetzt gekommen, da habe ich's einem anderen Mädchen geliehen.« Und ich, die ich nicht so leicht Augenringe bekam, spürte, wie sich unter meinen verstörten Augen nach und nach dunkle Ringe bildeten.

Bis eines Tages, während ich vor ihrer Haustür stand und ihre Absage still über mich ergehen ließ, die Mutter erschien. Sie wunderte sich wohl über die stumme, täglich wiederkehrende Erscheinung dieses Mädchens vor ihrer Tür. Also fragte sie, was da los sei. Verwirrte Stille trat ein, durchbrochen von einigen wenig aufschlussreichen Erklärungen. Die Mutter merkte mit wachsendem Erstaunen, dass ihr die Sache unverständlich blieb. Bis diese gute Seele von Mutter schließlich doch verstand. Da drehte sie sich zur Tochter um und rief ganz erstaunt: »Das Buch hat das Haus doch nie verlassen, und du wolltest es auch nicht lesen!«

Das Schlimmste war für sie nicht etwa, feststellen zu müssen, was sich da abspielte. Das Schlimmste war wohl, zu ihrem Entsetzen festzustellen, was für eine Tochter sie hatte. Schweigend sah sie uns an: die Begabung zur Bosheit bei dieser Tochter, die sie nicht kannte, und das blonde Mädchen, das erschöpft vor ihrer Tür stand, im Wind der Straßen von Recife. Da straffte sie sich endlich und sagte fest und ruhig zur Tochter: »Du leihst ihr jetzt auf der Stelle das Buch.« Und dann zu mir: »Und du behältst das Buch, solange du möchtest.« Man stelle sich das vor! Das war mehr wert, als mir das Buch einfach zu überlassen: »Solange du möchtest« ist der kühnste Wunsch, den ein Mensch, ob groß oder klein, überhaupt wagen kann.

Wie soll ich erzählen, was dann geschah? Ich war völlig fassungslos, und so nahm ich das Buch entgegen. Ich glaube, ich habe kein Wort gesagt. Ich nahm einfach das Buch. Und nein, ich lief nicht hüpfend davon wie sonst. Ich ging mit langsamen Schritten. Ich weiß noch, dass ich das dicke Buch mit beiden Händen festhielt und die ganze Zeit an meine Brust drückte. Wie lange ich für den Heimweg gebraucht habe, ist unwichtig. Meine Brust war heiß, mein Herz in Gedanken.

Zu Hause angekommen, fing ich nicht mit der Lektüre an. Ich tat so, als hätte ich das Buch gar nicht, nur um dann zu erschrecken, dass ich es doch hatte. Stunden später schlug ich es auf, las einige wundervolle Zeilen, klappte es wieder zu, lief in der Wohnung herum, schob den Moment noch weiter hinaus, indem ich ein Stück Brot mit Butter aß, tat so, als hätte ich das Buch verlegt, fand es wieder, schlug es für einige Augenblicke auf. Ich dachte mir die unsinnigsten Hindernisse für dieses heimliche Etwas aus, das das Glück war. Glück sollte für mich immer etwas Heimliches bleiben. Scheint, dass ich das schon vorausahnte. Wie lange ich mir Zeit ließ! Ich lebte in der Luft … In mir waren Stolz und Verschämtheit. Ich war eine zarte Königin.

Manchmal setzte ich mich in die Hängematte, schaukelte darin, das Buch offen auf dem Schoß, ohne es anzufassen, in reinster Ekstase.

Ich war nicht mehr ein Mädchen mit einem Buch: Ich war eine Frau mit ihrem Geliebten.

ZADIE SMITH

Der Fluss der Faulheit

Wir sind abgetaucht, allesamt. Du, ich, die Kinder, unsere Freunde, deren Kinder und alle anderen. Manchmal kommen wir heraus: zum Mittagessen, um zu lesen oder uns zu sonnen, lange ist es nie. Anschließend steigen wir alle wieder zurück in die Metapher. Der Lazy River, unser Fluss der Faulheit, ist kreisrund, voller Wasser und verfügt über eine künstliche Strömung. Selbst wenn man ganz stillhält, kommt man voran und kehrt schließlich wieder an den Ausgangspunkt zurück, und wenn wir hier auch einmal die Tiefe der Metapher thematisieren wollen, dann ist sie wohl einen knappen Meter tief, bis auf den kurzen Abschnitt, an dem sie auf fast zwei Meter anschwillt. Hier kreischen die Kinder, sie klammern sich an den Beckenrand oder den nächstgelegenen Erwachsenen, bis wir wieder bei dem knappen Meter sind. Immer rundherum. Das ganze Leben ist hier versammelt, und es fließt. Es fließt!

Die Reaktionen variieren. Die meisten von uns lassen sich mit der Strömung treiben, schwimmen ein Stück, gehen, treten Wasser. Viele bringen ein irgendwie geartetes Schwimmgerät zum Einsatz – Gummiringe, Schwimmnudeln oder -bretter – und platzieren den jeweiligen Gegenstand strategisch unter Armen, Nacken oder Rücken, um damit Auftrieb zu erzeugen und sich das ohnehin fast Mühelose noch einfacher zu machen. Das Leben ist ein Kampf! Aber wir machen Ferien, vom Leben ebenso wie vom Kampf. Wir »überlassen uns dem Flow«. Und sobald wir einmal im Fluss der Faulheit sind, muss auch ein Schwimmgerät her, obwohl unser Kopf uns sagt, dass die künstliche Strömung Auftrieb genug gibt. Egal, wir wollen eins. Markengeräte, viel zu große Geräte, lustig geformte Geräte.

Sie sind neu für uns, sie sind Luxus: Sie vertreiben uns die Zeit. Wir werden zahllose Umdrehungen absolvieren müssen, bevor ihr Reiz nachlässt – und für ein paar glückliche Gemüter kommt dieser Moment nie. Für uns andere kommt er, wenn wir feststellen, dass der Bademeister recht hatte: Die Dinger sind viel zu groß, sie sind schwierig zu handhaben, lästig. Zurück bleibt die schlichte Tatsache, dass wir uns alle vom Fluss der Faulheit tragen lassen, im selben Tempo, unter derselben erbarmungslosen spanischen Sonne, in alle Ewigkeit, bis wir es irgendwann nicht mehr tun.

Manche treiben das Prinzip des universellen Flows auf die Spitze. Sie stellen sich tot – den Kopf nach hinten, die Glieder schlaff, ohne jede Anstrengung – und entdecken auf diese Weise, dass selbst ein Leichnam noch rundherum getragen wird. Ein paar Menschen – mit weniger Tattoos und häufig mit Studienabschluss – wenden sich demonstrativ in die Gegenrichtung, entschlossen, zum Schlag gegen die Strömung auszuholen, sie kommen nicht voran, halten aber die Stellung, und sei es nur für einen Augenblick, während die anderen vorbeitreiben. Das ist eine Pose: Sie hält nie lange vor. Einen Mann mit hochmodischem Haarschnitt hörte ich prahlen, er könne die ganze Runde rückwärtsschwimmen. Ich hörte, wie seine Hipster-Frau ihn dazu anstachelte. Sie hatten Zeit für solche Spielchen, sie hatten keine Kinder. Aber als er sich dann umdrehte und den Versuch startete, dauerte es keine Minute, bis es ihn forttrug.

Der Fluss der Faulheit ist eine Metapher, zugleich aber auch ein reales künstliches Gewässer in einem All-inclusive-Hotel in Almería, irgendwo im Süden Spaniens. Wir verlassen das Hotel nur, um Schwimmgeräte zu kaufen. Der Plan ist, unser Hotel mit seinen eigenen Waffen zu schlagen. Und das geht so: Man trinkt Alkohol in solchen Mengen, dass die Übernachtung praktisch gratis ist. (Nur die Schamlosesten unter uns äußern diesen Plan laut, aber wir sind alle mit an Bord.) Denn hier im Hotel sind wir unter Briten, wir sind Teil der Masse, wir kennen keine Scheu. Wir freuen uns an der Gesellschaft der anderen. Hier gibt es keine Franzosen oder Deutsche, die uns am Büfett dabei beobachten könnten, wie wir Paella und Schwertfisch zugunsten von Würstchen mit Pommes verschmähen, und auch sonst niemanden, der uns verurteilen würde, wenn wir uns auf unseren Liegestühlen vom Konzept der Literatur ab- und der Realität eines Sudokus zuwenden. Einer von unserem Stamm, ein älterer Herr, trägt auf jedem Schienbein ein Porträt von Amy Winehouse, und wir verurteilen ihn nicht dafür, kein bisschen, wie könnten wir auch? So viele Heilige von Amys Kaliber haben wir schließlich nicht zur Verfügung; wir halten sie in Ehren. Sie war eine der wenigen, die unseren Schmerz zum Ausdruck brachte, ohne ihn zu veralbern oder zu schmälern. Es ist also nur recht und billig, dass wir am Abend, während der kurzen Phase, für die wir dem Fluss der Faulheit entsteigen, beim Karaoke ihre bekanntesten Schnulzen schmettern – aus voller Kehle und bereits angetrunken –, in dem beruhigenden Wissen, dass ebendiese geliebten Zeilen später, viel später, wenn das alles hier einmal vorbei ist, bei unserer Beerdigung erklingen werden.

Aber Karaoke war gestern; heute haben wir einen Zauberer da. Er zieht überall Kaninchen hervor, an den unerwartetsten Orten. Wir gehen schlafen und träumen von Kaninchen, dann wachen wir wieder auf und steigen zurück in den Fluss der Faulheit. Schon mal vom Kreislauf des Lebens gehört? So ist das hier. Immer rundherum. Nein, die maurischen Ruinen haben wir nicht besichtigt. Und wir werden auch nicht in diese öden, dürren Berge fahren. Nicht ein Mensch unter uns hat den aktuellen Roman gelesen, der genau hier, in Almería, spielt, und wir haben das auch nicht vor. Wir lassen uns nicht verurteilen. Der

Fluss der Faulheit ist eine urteilsfreie Zone. Das heißt allerdings nicht, dass wir blind wären. Auch wir haben die Folientunnel gesehen – vom Bus aus, auf der Fahrt vom Flughafen hierher –, und wir haben die Menschen aus Afrika gesehen, die dort arbeiten, allein oder zu zweit, die mit ihren Fahrrädern durch die sengende Sonne fahren, von Folientunnel zu Folientunnel. Während ich sie betrachtete, lehnte ich den Kopf an die bebende Scheibe meines Fensters und erblickte, wie in der Geschichte vom Brennenden Dornbusch, statt der Afrikaner eine Fata Morgana. Das Traumbild eines kleinen Schälchens Cherrytomaten, in Plastik verpackt. Es schwebte, dort in der Halbwüste, direkt vor meinem Fenster, zwischen den maurischen Ruinen. Der Anblick war mir so vertraut, so wirklich wie meine eigene Hand. Und oben auf dem Schälchen erblickte ich einen Barcode, und über diesem Barcode stand geschrieben: HERKUNFTSLAND SPANIEN – ALMERÍA. Das Traumbild schwand. Es war weder mir noch sonst wem von Nutzen, in diesem Moment, während wir in Ferien waren. Denn was glauben wir … und was glaubt ihr … und was glauben die von uns zu verlangen … und wer ohne, der werfe den ersten …

Es trifft durchaus zu, dass wir in unserer Eigenschaft als Briten den Fluss der Faulheit auf keiner Landkarte Spaniens finden könnten, aber es trifft auch zu, dass wir das gar nicht nötig haben, denn wie oben bereits erwähnt, verlassen wir das Wasser nur, um Schwimmgeräte zu kaufen. Weiterhin trifft zu, dass die meisten von uns für den Brexit gestimmt haben und wir folglich gar nicht wissen können, ob wir nächsten Sommer nicht irgendwelche aufwendigen Visa brauchen, um wieder in den Fluss der Faulheit zu steigen. Darum machen wir uns nächsten Sommer Sorgen. Ein paar wenige gibt es unter uns, die kommen aus London, haben studiert und eine Vorliebe für Dinge wie Metaphern, Teil von Europa bleiben und gegen den Strom schwimmen. Wenn die Angehörigen dieser deutlichen Minderheit mal nicht im Fluss der Faulheit sind, verbieten sie ihren Kindern das ständige Pommes-Futtern und tragen Sonnenmilch mit dem höchstmöglichen Lichtschutzfaktor auf. Sogar im Wasser legen sie noch Wert auf bestimmte Abgrenzungen. Sie tanzen nie den Macarena. Sie machen nicht bei den Zumba-Stunden mit. Manche halten sie für Spaßbremsen, andere glauben, sie hätten Angst, sich zu blamieren. Aber ehrlicherweise muss man auch sagen, dass es wirklich nicht leicht ist, im Wasser zu tanzen. Jedenfalls klettern sie, nachdem sie (gesund) gegessen oder ein Schwimmgerät gekauft haben (kein Markenprodukt), sowieso wieder zu uns anderen in die Metapher zurück, zurück in diesen Uroboros aus Wasser, der, im Gegensatz zu Heraklits Fluss, immer derselbe bleibt, ganz gleich, wo man gerade hineinsteigt.

Gestern war der Fluss der Faulheit grün. Warum, weiß niemand. Theorien gibt es viele. Bei allen spielt Urin eine Rolle. Entweder ist die Farbe durch Urin entstanden, oder es handelt sich um die Farbe der Chemikalien, die zur Tarnung des Urins zugefügt wurden, oder um die Reaktion von Urin mit Chlor oder einem anderen chemischen Wirkstoff. Ich habe keinen Zweifel daran, dass Urin hier eine Rolle spielt. Ich habe selbst schon da reingepinkelt. Aber der Urin an sich stört uns gar nicht so sehr. Nein, die traurige Folge der grünen Farbe besteht darin, dass sie das Denken in höchst unschöner Weise auf das grundsätzlich Künstliche am Fluss der Faulheit fokussiert. Plötzlich wirkt, was ganz natürlich aussah – langsam im endlosen Kreis herumtreiben und dabei dem Hit dieses Sommers lauschen, der rein zufällig auch noch »Slowly« heißt –, nicht bloß unnatürlich, sondern seltsam im Übermaß. Nicht mehr wie Ferien vom Leben, sondern vielmehr wie eine grausige Metapher dafür. Dieser Eindruck beschränkt sich übrigens nicht auf die wenigen anwesenden Metaphern-Fans. Alle teilen ihn. Müsste ich ihn mit etwas vergleichen, dann mit der Scham, die Adam und Eva überkam, als sie an sich heruntersahen und ihnen zum ersten Mal klar wurde, dass sie vor aller Augen nackt dastanden.

Welche Lösung gibt es für das Leben? Wie lässt es sich »gut« leben? Von unseren Liegestühlen aus können wir gegenüber zwei vollbusige junge Frauen beobachten, Schwestern. Sie sind jeden Morgen schon früh da, und statt der üblichen Kunststoffliegen, die wir anderen nutzen, schnappen sie sich immer eins der wenigen weißen Himmelbetten mit Blick aufs Meer. Die beiden Schwestern sind achtzehn und neunzehn Jahre alt. Ihr Freiluftbett ist an allen vier Seiten mit hauchdünnen weißen Vorhängen versehen, um diejenigen, die darauf lagern, vor der Sonne zu schützen. Doch die Schwestern ziehen die Vorhänge beiseite und schaffen sich so eine Bühne, dann strecken sie sich aus, vervollkommnen ihre Bräune und ziehen dabei oft ihre Bikinihöschen beiseite, um den Fortschritt zu begutachten, den feinen Grat, der braune Bäuche von blassen Lenden trennt. Dann mustern sie ausdruckslos ihren freigelegten Venushügel, um sich anschließend wieder auf dem Ruhebett auszustrecken. Ich erwähne sie nur, weil sie im Umfeld des Flusses der Faulheit ungewöhnlich aktiv sind. Sie verbringen sehr viel mehr Zeit auf dem Trockenen als wir anderen, hauptsächlich damit, sich gegenseitig mit dem Handy zu fotografieren. Für die Schwestern sind diese Fotos eine Art Arbeit, die ihren Tag bis zum Bersten füllt, so wie der Fluss der Faulheit unsere Tage. Eine Bilanzierung des Lebens, die genauso lang dauert wie das Leben selbst. »In dieselben Fluten steigen wir und steigen wir nicht: Wir sind es und sind es nicht.« Also sprach Heraklit, und also sprechen die Schwestern, während sie sich ins Bild hinein- und wieder herausbewegen, den Flow der Dinge einfangen, jeden Augenblick für sich gestalten: wie sie sind und wie sie nicht sind. Mich persönlich rührt ihr Eifer. Niemand bezahlt sie für ihre Mühen, aber das hält sie nicht davon ab. Wie die Assistentinnen bei echten Fotoshootings bereiten sie zunächst die direkte Umgebung vor, säubern sie, verschönern sie, besprechen den Lichteinfall und verschieben, falls nötig, auch mal das Bett, um alles Unansehnliche aus dem Foto zu verbannen: versprengten Müll, altes Laub, alte Leute. Diese Vorbereitungen nehmen einige Zeit in Anspruch. Aufgrund der Tiefenschärfe ihrer Smartphones muss selbst ein mehrere Meter entferntes Bonbonpapier beseitigt werden. Dann stellen sie ihre Requisiten zusammen: rosa Blütenblätter, ausgefallene Cocktails, aus denen fotowirksame Schirmchen herausragen, Eis (das nur fotografiert, aber nicht verzehrt wird) und bei einer Gelegenheit auch mal ein Buch, das nur für die Dauer der Aufnahme in der Hand gehalten wurde, und zwar – was womöglich nur mir aufgefallen ist – verkehrt herum. Während der Vorbereitungen tragen beide herzzerreißend schlichte schwarze Brillen. Ist eine von ihnen zum Posieren bereit, reicht sie ihre Brille der Schwester. Man ist leicht mit der Aussage bei der Hand, dass sie Jungsein wie Schwerstarbeit aussehen lassen, aber war es denn nicht immer schon Schwerstarbeit, auch wenn sich die Schwierigkeiten anderer Mittel bedienten? Immerhin machen diese zwei ihr Leben zum Projekt, zum messbaren Projekt, das gelikt und kommentiert werden kann. Und was machen wir? Dahinfließen?

Drei Minuten zu Fuß vom Hintereingang des Hotels liegt die Strandpromenade, wo abends leichte Unterhaltung geboten wird, für den Fall, dass wir während der wenigen dunklen Stunden, in denen der Fluss der Faulheit gewartet, gesäubert und desinfiziert wird, noch Beschäftigung brauchen. Selbstverständlich gehört zu diesem Unterhaltungsprogramm auch das Meer. Aber wer einmal im Fluss der Faulheit war, mit all seiner Flexibilität und Leichtigkeit, dem desinfizierenden Chlor und der schnellen und doch beherrschbaren Strömung, der kann das Meer nur noch schwer akzeptieren: den üppigen Salzgehalt, die Lebewesen darin, die kleinen Inseln aus zerknicktem Plastikmüll. Ganz zu schweigen von den überfischten Tiefen, der ständig steigenden Temperatur und dem endlosen Horizont, der an den Tod gemahnt. Wir lassen es links liegen. Stattdessen folgen wir der Strandpromenade, vorbei an den beiden Frauen, die Haare flechten, und dann noch ein paar Minuten weiter, bis wir bei den Trampolinen sind. So weit sind wir seit Beginn unserer Ferien nicht mehr gelaufen. Wir machen das »für die Kinder«. Und jetzt schnallen wir unseren Kindern Gurte um und schauen zu, wie sie auf dieser Metapher auf und ab hüpfen, auf und ab, auf und ab, während wir, den Blick auf sie und das Meer gerichtet, auf einer niedrigen Mauer sitzen, die Beine baumeln lassen, den Wodka trinken, den wir uns aus dem Hotel mitgebracht haben, und uns fragen, ob Trampoline nicht am Ende eine bessere Metapher sind als Lazy Rivers. Schließlich ist doch das ganze Leben eindeutig eine Sache des Auf und Ab, Auf und Ab, auch wenn das Ab für Kinder immer überraschend kommt – als eine Art Wonne fast, weil es so unerhört, so schwer zu glauben ist –, während für uns auf unserem Mäuerchen, mit unseren Wodkagläsern in der Hand, das Auf inzwischen etwas absurd, schwer fassbar wirkt; es kommt uns vor wie mutwillige Irreführung, seltener noch als ein Blutmond. Apropos, an diesem Abend gab es tatsächlich einen Blutmond. Ich kann auch nichts dafür: Von allen Orten, an denen ich jemals war, hat Südspanien wirklich die höchste Dichte an Metaphern im Verhältnis zur Wirklichkeit. Alles ist dort in allem anderen enthalten. Und wir blickten allesamt zum Blutmond hinauf – diesem böswilligen

Mond des Jahres 2017 –, und jeder und jede von uns begriff in diesem Augenblick, dass man von einem solchen Jahr keine Ferien machen kann. Trotzdem war er schön. Er tauchte unsere hüpfenden Kinder in sein rotes Licht und setzte das Meer in Flammen.

Dann war die Zeit abgelaufen. Die Kinder waren sauer, sie hatten das mit dem Ablaufen der Zeit noch nicht begriffen, und kratzten uns und traten nach uns, als wir sie aus ihren Gurten lösten. Aber wir knickten nicht ein, wir gaben nicht nach; nein, wir drückten sie an uns und akzeptierten ihren Zorn, wir nahmen ihn in uns auf, ganz und gar, so, wie wir all ihre albernen Wutanfälle akzeptieren, als Ersatz für die wahre Empörung, von der sie natürlich noch nichts wissen, weil wir ihnen noch nichts davon erzählt haben, wir sind ja in Ferien – aus diesem Grund haben wir uns schließlich für ein Hotel mit einem Lazy River entschieden. In Wahrheit gibt es natürlich nie einen guten Moment. Eines Tages werden sie selbst in eine Zeitung oder auf eine Website schauen und von dem Jahr lesen – laut den Propheten um 2050 herum –, in dem die Zeit ablaufen wird. Ein Jahr, in dem sie nicht älter sein werden als wir jetzt. Nicht alles geht immer nur rundherum. Manches geht auch auf und …

Auf dem Rückweg zum Hotel bleiben wir bei den Frauen stehen, die Haare flechten, die eine aus dem Senegal, die andere aus Gambia. Weil der Mond so rot ist, wie er ist, und sein Kinolicht verströmt, können wir jenseits des Wassers, gegenüber von unserem, gerade so ihren Kontinent erkennen, aber sie sind nicht über diesen Teil des Meeres gekommen, weil er noch tückischer ist als der zwischen Libyen und Lampedusa, die Strecke, die sie genommen haben. Man braucht sie nur anzuschauen, um zu erkennen, dass sie beide der Typ Mensch sind, der gegen den Strom durch den Fluss der Faulheit schwimmen könnte, und zwar einmal ganz rundherum. Haben sie das nicht sogar getan? Die eine heißt Mariatou, die andere Cynthia. Für zehn Euro flechten sie einem die Haare zu Cornrows, senegalesischen Twists oder hochangesetzten Bauernzöpfen. Drei aus unserer Gruppe wollen sich die Haare flechten lassen; die Frauen machen sich an die Arbeit. Ihre Männer sind in den Folientunnels. Die Tomaten liegen im Supermarkt. Der Mond hängt am Himmel. Die Briten verlassen Europa. Wir sind kurz mal »entwischt«. Wir glauben noch ans Entwischen. »In Spanien ist es schwer«, antwortet Mariatou, als wir nachfragen. »Sehr schwer.« »Ein gutes Leben?«, setzt Cynthia hinzu und zieht unsere Tochter an den Haaren, dass sie aufschreit. »Ist nicht leicht.«

Als wir die Tore des Hotels erreichen, ist alles dunkel. Ein eineiiges Zwillingspaar, Rico und Rocco, Mitte zwanzig, mit ölig schwarzen Locken und knappen weißen Jeans – die Zwillings-iPhones in die engen Gesäßtaschen gezwängt –, haben gerade ihren Auftritt beendet und packen ihre Anlage zusammen. »Wir haben den zweiten Platz bei X Factor Spain belegt«, antworten sie, als wir nachfragen. »Geboren in Tunesien, aber jetzt wir sind Spanien.«

Wir wünschen ihnen alles Beste und eine gute Nacht und lenken die Blicke unserer Kinder weg von den obszönen Beulen dieser iPhones, deren Existenz wir noch viele Jahre vor ihnen geheim halten wollen oder wenigstens, bis sie zwölf sind. Vor den Aufzügen trennen wir uns von unseren Freunden und deren Kindern und fahren in unser Zimmer hinauf, das genauso aussieht wie ihr Zimmer und die Zimmer aller anderen, bringen die Kinder ins Bett und setzen uns dann mit unseren Laptops und Smartphones auf den Balkon, wo wir sein Getwitter lesen, wie wir das seit Januar jeden Abend tun. Hier und dort, auf anderen Balkonen, entdecken wir andere

Männer und Frauen auf anderen Liegestühlen mit anderen Geräten, die einer ganz ähnlichen Beschäftigung nachgehen. Unter uns kreist der Fluss der Faulheit, neonblau, ein irrwitziges Blau, ein Facebook-Blau. Und mittendrin steht ein voll bekleideter Mann, mit einem langen Mopp bewaffnet – er wird von einem anderen Mann gehalten, der ihn um die Taille fasst, damit der erste Mann seinen Mopp drehen, sich gegen die starke und doch einschläfernde Strömung stemmen und allen Dreck, den wir dort hinterlassen haben, von den Wänden wischen kann.

ELISABETH VON ARNIM

Verzauberter April

Als Mrs. Wilkins am nächsten Morgen aufwachte, blieb sie einige Minuten lang im Bett liegen, bevor sie aufstand und die Fensterläden öffnete. Was würde sie von ihrem Fenster aus sehen? Eine strahlende Welt oder eine verregnete Welt? Aber schön würde sie sein, wie immer sie auch aussehen mochte.

Sie befand sich in einem kleinen Schlafzimmer mit weißgetünchten Wänden, einem Steinboden und einigen wenigen alten Möbeln. Die Betten – es gab zwei – waren aus Eisen, schwarz emailliert und bemalt mit bunten Blumensträußchen. Sie blieb liegen, um den großen Augenblick, wenn sie ans Fenster ging, hinauszuzögern, so wie man das Öffnen eines lieben Briefes und seine Freude daran hinauszögert. Sie hatte keine Ahnung, wie viel Uhr es war; sie hatte vergessen, sie aufzuziehen, seit sie zuletzt, Jahrhunderte war das her, in Hampstead schlafen gegangen war. Man hörte keinen Laut im Haus, und so vermutete sie, es müsse noch früh sein, dennoch hatte sie das Gefühl, als hätte sie ewig geschlafen – so ausgeruht, so rundum zufrieden war sie. Sie lag da, die Arme um den Kopf verschränkt, und dachte, wie glücklich sie war, und ihre Lippen waren in seligem Lächeln hochgezogen. Allein im Bett zu sein: welch Wonnezustand. Sie war seit fünf Jahren nicht einmal ohne Mellersh im Bett gewesen; ah, diese kühle Geräumigkeit; die Bewegungsfreiheit; das Gefühl der Sorglosigkeit, der Keckheit, wenn man an den Decken zog, weil man es wollte, oder sich die Kissen zurechtstupste, um es noch behaglicher zu haben! Es war, als entdecke man eine Freude völlig neu.

Mrs. Wilkins sehnte sich zwar danach, aufzustehen und die Läden zu öffnen, aber sie fühlte sich dort, wo sie war, einfach pudelwohl. Sie seufzte vor Behagen und blieb weiter liegen, schaute um sich, registrierte alles in ihrem Zimmer, ihrem eigenen kleinen Zimmer, ihrem ureigenen Zimmer, in dem sie sich ganz nach Gusto während dieses einen glücklichen Monats einrichten konnte, ihr Zimmer, das sie sich von ihrem Ersparten erworben hatte, die Frucht ihrer geheimen Entbehrungen, ihr Zimmer, dessen Tür sie abschließen konnte, wenn sie es wollte, und wo niemand das Recht hatte hereinzukommen. Es war ein so seltsames kleines Zimmer, ganz anders als alle, die sie kannte, und so angenehm. Es war wie eine Zelle. Die beiden Betten ausgenommen, beschwor es eine glückliche Askese. ›Und der Name des Gemachs‹, zitierte sie in Gedanken, lächelnd das Zimmer betrachtend, ›war Friede.‹

Ja, das war schon herrlich, dazuliegen und zu denken, wie glücklich sie war, aber draußen vor den Läden war es noch herrlicher. Sie sprang auf, zog sich die Pantoffeln an, denn es gab nichts auf dem Steinboden als einen kleinen Vorleger, lief zum Fenster und stieß die Läden auf.

»Oh!« rief Mrs. Wilkins aus.

All der strahlende Glanz Italiens im April lag ausgebreitet ihr zu Füßen. Die Sonne ergoß sich über sie. Das Meer schlummerte darin, fast unbewegt. Jenseits der Bucht ruhten auch die lieblichen Berge, reich an Farbnuancen, im Licht; und unterhalb ihres Fensters, am Fuße des blumenübersäten Grashügels, aus dem sich die Mauer des Castellos erhob, stand eine große Zypresse, die wie ein großes schwarzes Schwert durch die zarten Blau-, Violett- und Rosatöne der Berge und des Meeres schnitt.

Sie staunte. Solche Schönheit; und sie war da, um sie zu sehen. Solche Schönheit; und sie am Leben, um sie zu fühlen. Ihr Gesicht war in Licht gebadet. Köstliche Düfte stiegen zu ihrem Fenster hoch und umschmeichelten sie. Eine leichte Brise bewegte sanft ihr Haar. Weit draußen in der Bucht trieb eine Schar von Fischerbooten, fast ohne Bewegung, wie ein Schwarm weißer Vögel, auf dem ruhigen Meer. Wie schön, wie schön! Nicht zuvor gestorben zu sein ..., das sehen zu dürfen, zu atmen, zu fühlen ... Sie starrte mit offenem Mund. Glücklich? Welch dürftiges, gewöhnliches Alltagswort. Aber was konnte man denn sagen, wie ließe es sich beschreiben? Es war, als müßte sie zerspringen, als wäre sie zu klein, um so viel Freude in sich zu halten, als wäre sie von Licht durchdrungen. Und wie erstaunlich das war, diese reine Seligkeit zu fühlen, wo sie doch überhaupt nichts Selbstloses tat oder im Sinn hatte, vielmehr nur das tun würde, was sie wollte. Nach Meinung aller, die sie im Leben kennengelernt hatte, müßte sie zumindest Gewissensbisse haben. Nicht die Spur davon. Irgendwie stimmte da etwas nicht. Seltsam, daß sie zu Hause so gut gewesen war, so furchtbar gut, und bloß Qual empfunden hatte. Gewissensbisse jeder Art waren dort ihr Los gewesen; Schmerzen, Kränkungen, Entmutigungen, während sie die ganze Zeit unermüdlich selbstlos war. Jetzt hatte sie all ihr Gutsein abgelegt und in die Ecke geworfen wie einen Haufen durchnäßter Wäsche, und sie fühlte nur Freude. Sie hatte sich des Gutseins entledigt und genoß ihre Nacktheit. Sie war entblößt und frohlockte. Und dort, fern in der trüben Muffigkeit von Hampstead, erboste sich Mellersh.

Sie versuchte, sich Mellersh vorzustellen, versuchte, ihn beim Frühstück zu sehen und wie er verbittert an sie dachte; und sieh da, Mellersh selbst begann zu schimmern, wurde rosig, dann blaßviolett, dann zu einem hinreißenden Blau, verlor die Konturen, irisierte. Tatsächlich entschwand Mellersh, nachdem er noch einen Augenblick lang gezuckt hatte, im Licht.

›Na so *was*‹, dachte Mrs. Wilkins und starrte gleichsam hinter ihm her. Wie ungewöhnlich das war, sich Mellersh nicht vorstellen zu können; sie, die jeden Zug an ihm, jeden Gesichtsausdruck auswendig kannte. Es gelang ihr einfach nicht, ihn zu sehen, wie er war. Sie konnte ihn nur verklärt sehen, in Einklang mit allem. Die bekannten Worte der öffentlichen Danksagung kamen ihr spontan in den Sinn, und sie ertappte sich dabei, wie sie Gott pries, sie erschaffen und beschützt zu haben, ihn pries für alle Wohltaten dieses Lebens, vor allem aber für seine unschätzbare Liebe; und das geschah mit lauter Stimme; in einer plötzlichen Anwandlung von Dankbarkeit. Mellersh dieweil zog in diesem Augenblick verärgert seine Stiefel an, bevor er in die triefenden Straßen hinausging, und dachte Bitterböses von ihr.

Sie begann sich anzuziehen, wobei sie sich zu Ehren des Frühsommertages für leichte weiße Sachen entschloß, packte ihr Gepäck aus und brachte ihr schnuckeliges Zimmer in Ordnung. Sie ging mit schnellen, entschiedenen Schritten umher, ihr langer dünner Körper war gestreckt, ihr kleines Gesicht, das zu Hause vor lauter Anstrengung und Angst so zerknittert aussah, glättete sich. Alles, was sie vor diesem Morgen gewesen war und getan hatte, alles, was sie gefühlt und ihr Kummer gemacht hatte, war verschwunden. Mit jeder ihrer Sorgen verhielt es sich wie mit Mellershs Bild, sie löste sich in Farbe und Licht auf. Und sie bemerkte Dinge, die sie seit Jahren nicht bemerkt hatte – als sie ihr Haar vor dem Spiegel frisierte, nahm sie es bewußt wahr und dachte: ›Das ist aber hübsch.‹ Jahrelang hatte sie vergessen, daß sie so etwas wie Haar hatte, sie flocht es am Abend und löste es am Morgen mit derselben Eile und Gleichgültigkeit, mit der sie ihre Schuhe schnürte und aufschnürte. Jetzt auf einmal sah sie das Haar, und sie wickelte sich vor dem Spiegel einige Strähnen um die Finger und war froh, daß es so hübsch war. Mellersh konnte es auch nicht gesehen haben, denn er hatte nie ein Wort darüber verloren. Wenn sie aber wieder zu Hause wäre, würde sie ihn darauf aufmerksam machen. »Mellersh«, würde sie sagen, »guck dir mein Haar an. Gefällt es dir nicht, daß du eine Frau mit honiggoldenen Locken hast?«

Sie lachte. Sie hatte noch nie dergleichen zu Mellersh gesagt, und die Vorstellung amüsierte sie. Aber warum hatte sie es nicht getan? Nun ja – sie hatte immer Angst vor ihm gehabt. Komisch, vor irgend jemandem Angst zu haben; und besonders vorm eigenen Mann, den man doch auch in seinen schlichteren Momenten sah, wie beim Schlafen, wo er nicht, wie es sich gehörte, durch die Nase atmete.

Als sie fertig war, öffnete sie die Tür, um hinüberzugehen und zu sehen, ob Rose wach war, die am Abend zuvor von einem schläfrigen Mädchen in einer Zelle ihr gegenüber untergebracht worden war. Sie würde ihr guten Morgen wünschen und dann zur Zypresse hinunterlaufen und dort bleiben, bis das Frühstück fertig war, und nach dem Frühstück würde sie nicht ein einziges Mal aus dem Fenster schauen, bis sie Rose geholfen hatte, alles für Lady Caroline und Mrs. Fisher vorzubereiten. Es gab so viel zu tun an diesem Tag: sich häuslich niederzulassen, die Zimmer in Ordnung zu bringen; sie durfte Rose das nicht allein überlassen. Für die beiden Neuankömmlinge würden sie alles so heimelig machen, die von Blumen leuchtenden Zellen würden ihnen einen entzückenden Anblick bieten. Sie erinnerte sich, daß sie sich gewünscht hatte, Lady Caroline möge nicht herkommen; wie abstrus, jemanden aus dem Paradies ausschließen zu wollen, nur aus der Befürchtung, man wäre dann gehemmt! Als ob das was ausmachte, und als ob sie nicht so oder so befangen wäre. Außerdem, was für ein Grund. Zumindest konnte sie sich in dieser Angelegenheit nicht vorwerfen, gutherzig gewesen zu sein. Und sie erinnerte sich, sie wollte auch Mrs. Fisher nicht dabeihaben, weil sie ihr arrogant vorgekommen war. Wie seltsam war sie doch. Wie seltsam, sich über solch geringfügige Dinge Sorgen zu machen und ihnen somit Wichtigkeit beizumessen.

Die Schlafzimmer und zwei der Aufenthaltsräume in San Salvatore lagen im obersten Stockwerk und gingen auf eine weitläufige Halle mit einem großen Glasfenster an der Nordseite. San Salvatore besaß viele kleine Gärten an den verschiedensten Stellen und auf verschiedenen Ebenen. Das Gärtchen, auf das dieses Fenster hinunterblickte, befand sich auf der höchsten Stelle des Festungswalls und konnte nur durch die entsprechende Halle auf dem Stockwerk darunter betreten werden. Als Mrs. Wilkins aus ihrem Zimmer kam, war das Fenster weit offen, und in der Sonne hinten stand ein Judasbaum in voller Blüte. Kein Mensch in der Nähe, kein Geräusch von Stimmen oder Schritten. Kübel mit Callas thronten auf dem Steinboden, und auf einem Tisch flammte ein Riesenstrauß wilder Kapuzinerkresse. Geräumig, blumenreich, still, mit dem großen Fenster am Ende, das sich zum Garten hin öffnete, und dem Judasbaum aberwitzig schön im Sonnenschein, schien das alles Mrs. Wilkins, die festgehalten wurde auf ihrem Weg zu Mrs. Arbuthnot, zu gut, um wahr zu sein. Würde sie wirklich einen ganzen Monat darin leben dürfen? Bis zu diesem Zeitpunkt hatte sie das Schöne, wie es sich ihr rein zufällig bot, portiönchenweise ergattern müssen – ein gänseblümchenübersätes Fleckchen auf einem Feld in Hampstead an einem herrlichen Tag, einen Streifen Sonnenuntergang zwischen zwei Schornsteinkappen. Sie war nie an wirklich vollkommen schönen Orten gewesen. Nicht einmal in einem ehrwürdig alten Haus, und so etwas wie Blumenfülle in ihrer Wohnung war unerschwinglich für sie. Manchmal hatte sie sich im Frühling sechs Tulpen bei Shoolbred's gekauft, da es ihr unmöglich war, ihnen zu widerstehen, und war sich bewußt, daß Mellersh, falls er erführe, wie viel sie gekostet hatten, dies unentschuldbar fände; aber sie waren bald verwelkt, und danach gab es keine mehr. Was den Judasbaum betraf, hatte sie keine Ahnung, was das eigentlich war, und sie betrachtete ihn, wie er sich da draußen gegen den Himmel abhob, mit der verzückten Miene einer, die eine himmlische Vision hat.

Mrs. Arbuthnot, die aus ihrem Zimmer kam, traf sie so an, mitten in der Halle stehend, den Blick starr.

›Was glaubt sie denn nun zu sehen?‹ dachte Mrs. Arbuthnot.

»Wir *sind* in Gottes Hand«, sagte Mrs. Wilkins, sich ihr zuwendend, im Brustton der Überzeugung.

»Oh!« sagte Mrs. Arbuthnot rasch, während sich ihre eben noch lächelnde Miene verfinsterte. »Wieso, was ist passiert?«

Mrs. Arbuthnot war nämlich mit einem wunderbaren Gefühl der Sorglosigkeit, der Erleichterung aufgewacht und wollte nun nicht entdecken, daß ihr Bedürfnis nach Geborgenheit doch nicht gestillt werden konnte. Sie hatte nicht einmal von Frederick geträumt. Zum ersten Mal seit Jahren war ihr der nächtliche Traum erspart geblieben, daß er bei ihr war und sie offen und ehrlich miteinander sprachen, und dann das traurige Erwachen. Sie hatte wie ein Säugling geschlafen und war zuversichtlich aufgewacht; das einzige, was sie in ihrem Morgengebet sagen wollte, hatte sie festgestellt, war ›danke‹. So war es beunruhigend zu hören, daß sie doch in Gottes Hand war.

»Es ist hoffentlich nichts passiert?« fragte sie besorgt.

Mrs. Wilkins schaute sie einen Augenblick lang an und lachte. »Wie seltsam«, sagte sie und küßte sie.

»Was ist seltsam?« wollte Mrs. Arbuthnot wissen, und ihr Gesicht hellte sich auf, weil Mrs. Wilkins lachte.

»Wir. Dies hier. Alles. Es ist so wundervoll. Es ist so seltsam und so herrlich, daß wir mittendrin sind. Ich glaube, wenn wir dereinst in den Himmel kommen – über den wir so viel reden –, werden wir ihn keinen Deut schöner finden.«

Mrs. Arbuthnots Gesichtszüge entspannten sich wieder bis hin zu einem sorglosen Lächeln. »Ist es nicht göttlich?« sagte sie.

»Warst du je, je in deinem Leben so glücklich?« fragte Mrs. Wilkins und packte sie am Arm.

»Nein«, sagte Mrs. Arbuthnot. Und sie war es auch nicht gewesen; niemals; nicht einmal in der ersten Liebeszeit mit Frederick. Denn immer war in jenem anderen Glück der Schmerz nahe gewesen, bereit, sie mit Zweifeln zu quälen, sie sogar mit dem Übermaß ihrer Liebe zu quälen; wohingegen dies hier das einfache Glück des völligen Einklangs mit ihrer Umgebung war, das Glück, das nichts verlangt, das sich darauf beschränkt, nur zu empfangen, zu atmen, zu sein.

»Schauen wir uns den Baum aus der Nähe an«, sagte Mrs. Wilkins. »Ich kann's nicht glauben, daß es nur ein Baum ist.«

Und Arm in Arm gingen sie durch die Halle, und ihre Männer hätten sie nicht wiedererkannt, ihre Gesichter waren so jung in ihrem Eifer, und zusammen standen sie am offenen Fenster, und als ihre Augen, nachdem sie sich an dem wunderbaren purpurnen Ding gesättigt hatten, weiter zwischen den Schönheiten des Gartens umherschweiften, sahen sie auf der niedrigen Mauer am östlichen Rand sitzend, über die Bucht blickend, die Füße in den Lilien wippend, Lady Caroline.

Sie waren erstaunt. Und vor lauter Erstaunen sagten sie nichts, sondern standen ganz still, Arm in Arm, und starrten von oben auf sie hinunter.

Auch sie hatte ein weißes Kleid an, und ihr Kopf war unbedeckt. Sie hatten sich an jenem Tag in London, als ihr Hut fast bis zur Nase reichte und ihre Pelze bis über die Ohren, keine Vorstellung gemacht, wie hübsch sie war. Sie hatten einfach geglaubt, sie sei halt anders als die Frauen im Klub, und das hatten die selbst auch gedacht, ebenso die Kellnerinnen, die sie von der Seite her immer wieder beäugten, wenn sie die Ecke passierten, wo sie plaudernd dasaß; aber sie hatten keine Vorstellung gehabt, daß sie so hübsch war. Außerordentlich hübsch. Alles an ihr war, was es war, im Superlativ. Ihr blondes Haar war sehr blond, ihre lieblichen grauen Augen waren sehr lieblich und sehr grau, ihre dunklen Wimpern sehr dunkel, ihre weiße Haut sehr weiß, ihr roter Mund sehr rot. Sie war ungewöhnlich schlank – ganz mädchenhaft, auch wenn es da nicht an den kleinen Rundungen unter ihrem leichten Kleid fehlte, wo kleine Rundungen sein sollten. Sie blickte sinnend über die Bucht und hob sich klar gegen den Hintergrund des Blaus ab. Sie saß direkt in der Sonne. Ihre Füße baumelten zwischen den Blättern und Blüten der Lilien, als mache es nichts aus, wenn diese geknickt oder zerdrückt würden.

»Der Kopf muß ihr doch brummen«, flüsterte Mrs. Arbuthnot schließlich, »wie sie da in der Sonne sitzt.«

»Einen Hut müßte sie tragen«, flüsterte Mrs. Wilkins.

»Sie zerdrückt die Lilien.«

»Aber das sind genauso ihre Lilien wie unsere.«

»Nur ein Viertel.«

Lady Caroline wandte den Kopf. Sie schaute einen Augenblick hoch zu ihnen, überrascht, daß sie so viel jünger aussahen als damals im Klub und weit weniger reizlos. Ja, sie waren eigentlich sogar reizvoll, wenn eine in falscher Aufmachung je wirklich reizvoll sein konnte. Noch bevor sie ihnen winkend zulächelte und guten Morgen wünschte, hatte ihr Blick, in Windeseile über die beiden gleitend, jeden Zentimeter an ihnen wahrgenommen. Es gab nichts an ihrer Kleidung, wie sie sofort bemerkte, was für sie von Interesse hätte sein können. Das dachte sie nicht bewußt, sie stand nämlich schönen Kleidern und der Sklaverei, die sie einem auferlegen, sehr ablehnend gegenüber, ihrer Erfahrung nach bekamen sie in dem Augenblick, wo man sie hatte, Gewalt über einen und ließen einem keine Ruhe, bis sie überall gezeigt worden waren und jeder sie gesehen hatte. Man führte nicht die Kleider auf den Gesellschaften vor; nein, sie waren es, die einen vorführten. Es war ein großer Irrtum zu glauben, daß eine Frau, eine ausgesprochen gut angezogene Frau, ihre Kleidung abnutzte; vielmehr war es die Kleidung, die eine Frau abnutzte – indem sie sie zu jeder Tages- und Nachtzeit hierhin und dorthin schleppte. Kein Wunder, daß die Männer länger jung blieben. Eine neue Hose allein konnte die nicht in Aufregung versetzen. Sie konnte sich nicht vorstellen, daß eine Männerhose, selbst die schickste, sich je so benahm, sich dermaßen ins Zeug legte. Ihre Bilder waren konfus, aber sie dachte, was ihr so in den Sinn kam, und gebrauchte die Bilder, die sie nun mal mochte. Als sie von der Mauer aufstand und zum Fenster ging, war es ihr eine Beruhigung zu wissen, daß sie einen ganzen Monat mit Leuten verbringen würde, deren Kleidung, wie sie sich vage erinnerte, vor fünf Sommern aktuell gewesen war.

»Ich bin gestern Morgen angekommen«, sagte sie, zu ihnen hochblickend, und lächelte. Sie war einfach bezaubernd. Sie hatte alles, selbst ein Grübchen.

»Das ist jammerschade«, sagte Mrs. Arbuthnot und lächelte zurück, »wir wollten Ihnen nämlich das schönste Zimmer aussuchen.«

»Oh, das habe ich schon getan«, sagte Lady Caroline. »Zumindest glaube ich, daß es das schönste ist. Es hat Ausblick nach zwei Seiten – ich liebe Zimmer mit zwei Ausblicken, Sie nicht? Zum Meer hin nach Westen und über diesen Judasbaum nach Norden.«

»Und wir wollten es für Sie mit Blumen schmücken«, sagte Mrs. Wilkins.

»Oh, das hat Domenico schon gemacht. Gleich, als ich ankam, habe ich ihn darum gebeten. Er ist der Gärtner. Er ist wunderbar.«

»Es ist natürlich keine schlechte Sache«, sagte Mrs. Arbuthnot ein wenig zögernd, »unabhängig zu sein und genau zu wissen, was man will.«

»Ja, das erspart einem manche Schwierigkeit«, meinte Lady Caroline zustimmend.

»Aber so unabhängig sollte man nicht sein«, sagte Mrs. Wilkins, »daß man anderen keine Möglichkeit mehr lässt, Großmut zu zeigen.«

Lady Caroline, die Mrs. Arbuthnot angeblickt hatte, blickte nun Mrs. Wilkins an. Damals in dem merkwürdigen Klub hatte sie bloß einen verschwommenen Eindruck von Mrs. Wilkins bekommen, denn die andere hatte allein geredet, und ihr Eindruck war der einer so verschüchterten und unbeholfenen Person gewesen, daß es das Beste schien, ihr keine Aufmerksamkeit zu schenken. Sie vermochte nicht einmal ganz normal auf Wiedersehn zu sagen, ohne dabei Qualen auszustehen, rot zu werden und ins Schwitzen zu geraten. Und darum blickte sie die Sprecherin einigermaßen verwundert an; und ihre Verwunderung wuchs noch, als Mrs. Wilkins sie offen und geradezu bewundernd anschaute und im Brustton der Überzeugung, die geäußert sein will, hinzufügte: »Mir war nicht klar, daß Sie so hübsch sind.«

Sie starrte Mrs. Wilkins an. Gewöhnlich sagte man ihr dies nicht so frank und frei. Obwohl sie von Komplimenten verwöhnt war – wie sollte sie es nicht sein nach geschlagenen achtundzwanzig Jahren –, verwunderte sie die Offenheit, mit der es geschah, und das von einer Frau.

»Sehr freundlich von Ihnen, daß Sie das denken«, sagte sie.

»Aber Sie *sind* wunderschön«, sagte Mrs. Wilkins. »Wirklich, ganz wunderschön.«

»Hoffentlich«, sagte Mrs. Arbuthnot in liebenswürdigem Ton, »machen Sie das Beste daraus.«

Lady Caroline starrte darauf Mrs. Arbuthnot an. »Oh, ja«, sagte sie. »Ich mache das Beste daraus. Tue ich, seit ich denken kann.«

»Weil es nämlich«, sagte Mrs. Arbuthnot lächelnd und hob warnend den Zeigefinger, »nicht ewig währt.«

Lady Caroline mußte nun befürchten, diese zwei Damen seien exzentrisch. Wenn das stimmte, würde sie sich langweilen. Nichts langweilte sie so sehr wie Leute, die darauf bestanden, exzentrisch zu sein, sich wie Kletten an sie hängten und sie dumm herumstehen ließen. Und die eine, die Bewunderin – es würde lästig werden, wenn die ihr ständig auf den Fersen blieb, um sie anzuschauen. Sie wünschte sich von diesen Ferien ein Wegkommen von allem Bisherigen, sie wünschte sich Erholung durch völligen Kontrast. Bewundert und beharrlich verfolgt zu werden war kein Kontrast, es war das Ewiggleiche; und sich mit zwei Exzentrikerinnen zusammengesperrt zu finden oben auf einem steilen Hügel in einem mittelalterlichen Castello, das ausdrücklich zum Zweck erbaut worden war, ein leichtes Ein und Aus zu verhindern, würde, befürchtete sie, nicht besonders erholsam sein. Vielleicht sollte sie lieber weniger entgegenkommend sein. Sie waren ihr als solch ängstliche Geschöpfe erschienen, selbst die Dunkle – sie konnte sich nicht an ihre Namen erinnern –, damals im Club, daß sie es für ungefährlich gehalten hatte, betont freundlich zu sein. Nun waren sie hier bereits aus ihren Schalen geschlüpft; mit einem Mal. Und nichts von Ängstlichkeit bei ihnen festzustellen. Wenn sie denn beim allerersten Kontakt so rasch aus ihren Schalen geschlüpft waren, würden sie sich ihr, wenn nicht im Zaum gehalten, bald aufdrängen, und dann hieße es Abschied nehmen vom Traum ihrer dreißig stillen erholsamen Tage, wo sie ungestört in der Sonne lag, ihren inneren Frieden fand und nicht angequatscht, hofiert und total in Beschlag genommen wurde, sondern sich einfach von der Mattigkeit erholte, der tiefen, düsteren Mattigkeit des Zuviels.

Außerdem gab es noch Mrs. Fisher. Auch sie mußte im Zaum gehalten werden. Lady Caroline war aus zwei Gründen zwei Tage früher als abgemacht aufgebrochen: Erstens wollte sie vor den anderen ankommen, um sich das Zimmer oder die Zimmer auszusuchen, die ihr am meisten zusagten, und zweitens hielt sie es für wahrscheinlich, daß sie sonst mit Mrs. Fisher hätte reisen müssen. Sie wollte nicht mit Mrs. Fisher reisen. Ebenso wenig mit Mrs. Fisher ankommen. Sie sah überhaupt keinen Grund, warum sie auch nur einen Augenblick lang etwas mit Mrs. Fisher zu tun haben sollte.

Unglücklicherweise war aber Mrs. Fisher ebenfalls von dem Verlangen erfüllt, als erste in San Salvatore anzukommen und sich das Zimmer oder die Zimmer auszusuchen, die ihr am meisten zusagten, und sie und Lady Caroline waren schließlich doch zusammen gereist. Bereits in Calais begannen sie es zu vermuten; in Paris zu befürchten; in Modane wurde es Gewißheit; in Mezzago versuchten sie es zu verbergen, indem sie in zwei separaten Droschken nach Castagneto fuhren, wobei die Nase der einen während der Fahrt fast den Nacken der anderen berührte. Aber als der Weg plötzlich vor der Kirche und den Stufen endete, war weiteres Ausweichen unmöglich; und angesichts dieses jähen und schwierigen Finales ihrer Reise blieb ihnen nichts anderes übrig, als sich zusammenzutun.

Wegen Mrs. Fishers Stock mußte sich Lady Caroline um alles kümmern. Im Planen sei sie zwar rege, erklärte Mrs. Fisher aus ihrer Droschke, nachdem ihr die Situation klar geworden war, aber leider verhindere ihr Stock die Ausführung. Die beiden Kutscher sagten Lady Caroline, Jungen aus dem Dorf müßten das Gepäck zum Castello hinauftragen, und sie machte sich auf die Suche nach ihnen, während Mrs. Fisher wegen ihres Stockes in der Droschke wartete. Mrs. Fisher konnte Italienisch, aber nur, wie sie erläuterte, Dantes Italienisch, das Matthew Arnold mit ihr zu lesen pflegte, als sie ein kleines Mädchen war, und sie glaubte, das gehe wohl über die Köpfe der Jungen. Und darum war Lady Caroline, sie konnte sehr gut das ganz normale Italienisch, offensichtlich diejenige, die alles erledigen mußte.

»Ich bin in Ihren Händen«, sagte Mrs. Fisher, die ruhig in ihrer Droschke saß. »Bitte sehen Sie in mir nur eine alte Frau mit Stock.«

Und wenig später, als es die Stufen und das Kopfsteinpflaster zu der Piazza hinunter und den Kai entlangging, dann den Zickzackweg hoch, sah Lady Caroline sich gezwungen, so langsam mit Mrs. Fisher zu wandeln, als wäre es ihre eigene Großmutter.

»Tja, mein Stock«, bemerkte Mrs. Fisher hin und wieder selbstzufrieden.

Und als sie sich an einer Biegung des Zickzackweges, wo Plätze waren, ausruhten, und Lady Caroline, die gern weitergelaufen wäre, um schnell ganz nach oben zu gelangen, aus Menschlichkeit genötigt war, wegen des Stockes bei Mrs. Fisher zu bleiben, erzählte ihr Mrs. Fisher, wie sie einmal mit Tennyson auf einem Zickzackweg spaziert war.

»Ist sein ›Heimchen am Herd‹ nicht wunderbar?« fragte Lady Caroline geistesabwesend.

»*Der* Tennyson«, sagte Mrs. Fisher, wandte ihr den Kopf zu und beobachtete sie einen Augenblick lang über ihre Brille.

»Nicht?« sagte Lady Caroline.

»Ich spreche von Alfred«, sagte Mrs. Fisher.

»Oh«, sagte Lady Caroline.

»Und es war auch ein Weg«, fuhr Mrs. Fisher unnachsichtig fort, »seltsamerweise wie der hier. Kein Eukalyptus natürlich, ansonsten aber seltsamerweise wie der hier. Und an einer Biegung wandte er sich mir zu und sagte – ich sehe genau, wie er sich mir zuwendet und sagt …«

Ja, Mrs. Fisher mußte im Zaum gehalten werden. Ebenso diese beiden am Fenster. Vielleicht besser, gleich damit anzufangen.

Sie bedauerte es, daß sie ihre Mauer verlassen hatte. Sie hätte ihnen bloß zuwinken und warten sollen, bis sie zu ihr in den Garten hinuntergekommen wären.

Und so ignorierte sie Mrs. Arbuthnots Bemerkung und den erhobenen Zeigefinger und sagte betont kühl – zumindest versuchte sie, es kühl klingen zu lassen –, vermutlich gingen sie jetzt frühstücken, was sie schon getan habe; aber ihr Los war es, daß ihre Worte, wie kühl sie auch beabsichtigt waren, immer warm und liebenswürdig klangen. Sie hatte nämlich eine einnehmende und bezaubernde Stimme, was einzig und allein auf eine spezielle Formation der Kehle und des Gaumens zurückzuführen war und überhaupt nichts mit dem zu tun hatte, was sie gerade fühlte. Folglich glaubte nie jemand, er werde barsch angefahren. Es war richtig lästig. Und wenn sie einen eisigen Blick wagte, wirkte er überhaupt nicht eisig, denn ihre Augen, liebliche Augen, um es gleich zu sagen, hatten als zusätzlichen Liebreiz lange, sanfte, dunkle Wimpern. Kein eisiger Blick konnte aus Augen wie diesen dringen; er wurde aufgefangen in den sanften Wimpern, und die Angestarrten dachten nur, daß man sie mit einer schmeichelhaften und erlesenen Aufmerksamkeit betrachtete. Und war sie je schlecht gelaunt oder richtig verärgert – und wer ist das nicht manchmal in dieser Welt? –, sah sie nur so traurig aus, daß jedermann auf sie zueilte, um sie zu trösten, wenn möglich mit einem Kuß. Es war mehr als lästig, es war zum Verrücktwerden. Die Natur hatte entschieden, ihr Aussehen und ihre Stimme sollten engelhaft sein. Sie konnte nie unliebsam oder grob sein, ohne völlig mißverstanden zu werden.

»Ich habe auf meinem Zimmer gefrühstückt«, sagte sie und tat ihr möglichstes, um schroff zu klingen. »Vielleicht sehe ich Sie später.«

Sie nickte ihnen zu und ging zurück zu ihrem Platz auf der Mauer, wo die Lilien sich so angenehm kühl um ihre Füße schmiegten.

DEBORAH LEVY

Schlaglicht

Es ist der letzte Samstag im August. Alice wartet an der Gepäckausgabe des Prager Flughafens, und noch ehe es definitiv feststeht, weiß sie, daß ihre Tasche nicht auftauchen wird. Zwanzig Minuten lang hat das Förderband in seiner Spur seine langsamen, hypnotisierenden Runden gedreht, ein toter grauer Fluss. Ihre Reisetasche ist nicht darauf. Ja, sie kann ein Formular ausfüllen. Sie kann der Flughafenmitarbeiterin ihre Handynummer geben, auch die Adresse ihres Hotels auf der Malá Strana, der Kleinseite, aber sie glaubt, sich damit abfinden zu müssen, dass sie alles verloren hat. Die fröhliche, aber unbestimmte Flughafenmitarbeiterin, die für verschwundenes Gepäck zuständig ist (Petra heißt sie), sieht ein, dass das Formularausfüllen eine Vergeudung ihrer beider Zeit ist, und doch lotst sie Alice hilfsbereit durch die Prozedur. Petras Atem riecht nach Anis oder Ähnlichem. Alice gibt sich keine besondere Mühe; sie kann ihre Schrift selbst kaum entziffern. Das Schlimmste ist, dass das Ladegerät in der verloren gegangenen Tasche steckt. Selbst wenn die Fluglinie ihr Gepäck tatsächlich wiederfinden sollte und sie anruft, wird der Akku längst leer sein.

Petra gebietet über ein spezielles Gepäcksuchsystem – und sie hat auch noch allerlei Informationen parat. Sie warnt Alice vor betrügerischen Taxifahrern; der Minibus-Shuttle wird sie für weniger Geld an ihr Ziel bringen als ein privates Taxi. Und da die Reisetasche mit dem Ladegerät verloren gegangen ist, soll sich Alice eine Telefonkarte für die öffentlichen Fernsprecher kaufen. Die Notfallnummer ist 112. Zuletzt sagt sie noch, dass am Dienstagabend im Park ein Film gezeigt wird: Das kostet nichts, aber alle machen sich fein.

Es ist Dienstagabend, und Alice tanzt in dem blauen Kleid, das sie seit drei Tagen trägt, in einem Park in der Prager Innenstadt.

Wie sich herausstellt, wird bei der Open-Air-Vorführung, von der Petra gesprochen hat, ein Konzertfilm gezeigt, nämlich *Shine a light*, Martin Scorseses Doku über die Rolling Stones. Mücken zerstechen ihr die Arme, es ist elf Uhr nachts, und der Mond bescheint die Menge. Zwei Serbinnen, Jasna und Adrijana, tanzen mit ihr, und Mick Jagger singt dazu: *Yeah, you light up my life*. Alice hat sie eben erst kennengelernt, freut sich aber über ihre Gesellschaft. Schau, sagt sie zu Jasna, sobald Mick sich vom Mikrofon entfernt und sich umziehen geht, ist die Bühne wie tot. Weil er nicht mehr da ist. Wie das Gepäckband am Flughafen, als ihr klar wurde, dass ihre Tasche nicht kommen würde.

Jasna und Adrijana sind in Begleitung ihrer Freunde, die sich um Bier anstellen. Sie winken einem Würstchenverkäufer und schreien: »Hot Dogs!« Adrijana lässt sich nicht abhalten, auch für Alice einen zu kaufen. Sie überschwemmen die Hot Dogs mit Ketchup, trinken Bier und beobachten die auf der schwarzen Moldau schlafenden Schwäne. Als der Film zu Ende ist, fragen sie Alice, ob sie am nächsten Tag mit ihnen schwimmen gehen will, in einem See ganz in der Nähe von Prag. Es scheint kein echter See zu sein, sondern ein ehemaliges Bergwerk, das bei einem Unwetter vor ein paar Jahren vollgelaufen ist. Daneben ist ein Getreidefeld, und nicht weit entfernt gibt es Burgen und einen Wald und Adler. Ob sie gern mitkäme? Alice nickt und lächelt, und alle klatschen begeistert und schwenken die Bierflaschen zum dunklen Himmel.

Später, als sie über das Kopfsteinpflaster zu ihrem Hotel in der Malá Strana geht, wird ihr klar, dass sie unbekümmerter geworden ist, seitdem sie mit nichts als den Kleidern, die sie am Leib trägt, in diesem fremden Land eingetroffen ist. Aber sie beobachtet sich auch mehr.

Der Wagen, der am Mittwochnachmittag vor ihrem Hotel vorfährt, ist ein ramponierter Mercedes. Adrijana teilt ihn sich mit drei weiteren Familien, und mittwochs gehört er ihr. Jasna, Petar und Dimitar, die auf der Rückbank sitzen, rücken enger zusammen, damit sich Alice hineinquetschen kann. Vorn sitzt noch jemand anderes, der Alice als berühmter, fantastischer, herausragender, genialer Komponist elektronischer Musik vorgestellt wird. Der Komponist sagt, er heiße Alex, aber sie könne ihn auch, wenn sie wolle, Herr Komponist nennen. Und dann sagt er während der ganzen Fahrt gar nichts mehr.

Als sie endlich bei dem See sind, der mal ein Bergwerk war, liegt das grüne Wasser reglos und glatt vor ihnen. Alice stellt sich vor, dass eine Kraft darin wohnt, die sie tief unter die Erde hinabziehen wird, bis sie verschwunden ist wie ihr Gepäck. Jasna leiht ihr einen Badeanzug, aber Alice lässt sich Zeit mit dem Umziehen. Sorgfältig legt sie ihr blaues Kleid zusammen und bettet es auf einen Felsen. Alle sind schon im Wasser, nur der Herr Komponist nicht, der es ablehnt, schwimmen zu gehen, und sich, auf demselben Felsen wie ihr Kleid, fröstelnd das Sakko zuknöpft. Als er Alices Blick begegnet, zuckt er mit den Achseln, deutet spöttisch auf das Schild am Seeufer und übersetzt es ihr: »GEFAHR! SCHWIMMEN VERBOTEN!« Er sieht ihr nach, wie sie den lehmigen Weg hinuntergeht und ins Wasser springt. Es ist eiskalt; ihre Beine werden sofort taub. Adrijana und Jasna sind bis zur Mitte des Sees hinausgeschwommen, wo es am tiefsten ist. Sie haben ihr braunes Haar hochgesteckt und schwimmen ruhig und langsam nebeneinander her wie die Schwäne auf der Moldau. Nach einer Weile drehen sie sich auf den Rücken und schauen in den Himmel.

Alice klettert aus dem Wasser und setzt sich triefend nass neben den Herrn Komponisten oder Alex, oder wie immer er heißt. Er reicht ihr eine Plastiktüte. Darin ist ein schwerer, quadratischer Kuchen. Das sei Baklava, sagt er, von seiner Mutter, die eben von einem Besuch in Belgrad zurückgekehrt sei. Es hat keinerlei Ähnlichkeit mit dem Baklava, das Alice kennt, denn es ist schwer wie Brot. Er zückt sein Mobiltelefon, und Alice hört ihn sagen: »Ich bin an einem See außerhalb von Prag, mit Alice, die aus Großbritannien ist, und deshalb rede ich auch mit dir Englisch. Ich soll dir von ihr bestellen, dass ihr dein Kuchen schmeckt.«

Als er den Anruf beendet, macht Alice ihn darauf aufmerksam, dass er das gleiche Telefon hat wie sie. Das ist aber interessant, Alice, sagt er und fügt hinzu, er habe, wie Adrijana und Jasna, »während des Kriegs« drei Grenzen überqueren müssen, um nach Prag zu kommen. Von Zeit zu Zeit fällt ihr ein angestrengter Ausdruck in seinen Augen auf. Sie will ihn gerade etwas fragen, als Jasna sich von hinten anschleicht und ihr blaues Kleid schwenkt wie eine Fahne. Es ist vom Felsen geweht worden und im Schmutz gelandet.

Auf dem Rückweg nach Prag kehren sie in einer Kneipe ein, um Bier zu trinken, und Alex bestellt eine Platte Räucherschinken. Während die anderen sich unterhalten, sagt er zu Alice, sie stammten zwar alle aus Serbien, hätten sich aber erst in Prag kennengelernt. Offen gestanden, sagt er, wollten wir zuerst gar nichts miteinander zu tun haben, man weiß ja nie, wie der andere ist. Adrijana will von Alice wissen, ob sie von einem berühmten europäischen Philosophen gehört habe; sie nennt den Namen. Alice hat nie von ihm gehört. Er hat ja diese sehr schöne Frau, sagt Adrijana zu Alice, so schön wie du. Langes blondes Haar. Aber dieser Philosoph, den wir sehr schätzen, weil er über das Leben schreibt, wie es für uns ist, – er ist äußerst beschäftigt. Reist andauernd durch die Welt und hält Vorträge. Überhaupt schreibt er wahrscheinlich genau jetzt irgendwo an einem Vortrag, es ist Mitternacht, und die schöne Frau des Philosophen sagt am Telefon zu ihrem Mann: Gib dir heut Abend selber einen Gutenachtkuss, ich geb mir auch selber einen Kuss, und streichle dir selber heut Abend das Haar, ich streichle heut selber meinen Arm. Alice versteht nicht, warum sie alle so ungeheuer lachen. Sie fühlt sich einsam, ausgeschlossen durch den Witz, den sie nicht versteht, und eigentlich ist sie gar nicht sicher, ob sie überhaupt dazugehören will.

»Alles okay, Alice?« Alex stupst mit seinen langen Fingern ihren Arm. »Übrigens«, sagt er, »finde ich dein blaues Kleid super.« Er fragt, wann sie nach England zurückfliegt. Noch heute, antwortet sie, am späteren Abend. »Mhm«, sagt er. »Dann wirst du dir heut Abend selber einen Gutenachtkuss geben. Und ich gebe mir auch einen Gutenachtkuss.« Er werde jetzt ein bisschen durch den Wald laufen, verkündet er, um sich die Beine zu vertreten, bevor sie nach Prag zurückfahren. Der Wald beginnt gleich auf der anderen Straßenseite, gegenüber der Kneipe. Alice fragt, ob sie sich ihm anschließen darf. Sie möchte Herbstlaub sehen.

Als sie die Straße überqueren, hat sich der Himmel bewölkt. Auf dem Weg in den Wald will Alice auf einmal doch nicht mehr mit ihm gehen. Sie hat es sich anders überlegt. Er sagt: »Tja, ich bin jedenfalls sehr froh, dass wir uns kennengelernt haben.« Er fuchtelt ein bisschen mit den Händen und greift auf einmal mit den Fingerspitzen nach ihrem blonden Haar. Sie will ihn fragen, wo auf der Landkarte seine Heimat ist, aber das wäre kränkend und unhöflich, und sie findet, dass sie so eine Frage unmöglich stellen kann. Er lässt ihr Haar los und sagt: »Dein blaues Kleid gefällt mir wirklich unheimlich gut, und dazu die rote Strumpfhose. Falls ich eines Tages nicht mehr in meinem blöden Job arbeite, kaufe ich dir ein Paar Schuhe.« Und damit verschwindet er im Wald.

Der Sommer geht zu Ende, und es zieht sie heim nach England. Ein Vogel hüpft in den oberen Zweigen eines Baums herum. Sie sieht ihm zu und denkt dabei an Adrijana und Jasna, wie sie im tiefen, kalten See geschwommen sind. Sie haben Verletzungen erlitten, die sie, Alice, gar nicht ermessen kann. Sie haben alle Jahreszeiten ihrer Heimat hinter sich gelassen.

Als sie auf die Uhr sieht, fragt sie sich, ob Alex sich wohl verlaufen hat. Ist ihm im Wald etwas zugestoßen? Irgendwas wird passieren, denkt sie. Genau so hat sie bei der Gepäckausgabe empfunden. Ein beklommenes Gefühl im Magen, als sie wusste, dass ihre Reisetasche verschwunden war. Seltsame Gedanken kommen ihr jetzt, während sie auf ihn wartet. Sie fragt sich, ob es Menschen gibt, die sich im Wald verstecken, weil sie ihre Heimat verloren haben, und ihr Zuhause und ihre Kinder und ihre Schwester und Cousine, und aus einer früheren Bemerkung von ihm schließt sie, dass Alex womöglich seinen Bruder und seinen Vater verloren hat. Sie denkt an das Formular, das sie am Flughafen ausfüllen musste, an die Angestellte, die ihre Verlustanzeige aufnahm, und an deren gelangweilte Miene, als sie ihr die verlorenen Habseligkeiten aufzählte.

Der Stoff ihres blauen Kleids reibt an der Haut, als sie am Waldrand entlang die Straße auf und ab geht. Ein plötzlicher Wind kommt auf, und dann sieht sie ihn.

Er kommt auf sie zu. Er hat kleine Blätter im Haar, als er, zu nah, vor ihr steht und ihr sagt, dass er gar nicht Alex heißt. Nicht ganz. Sondern Aleksandar. Er sagt, er habe im Wald einen Hirsch mit kleinem Geweih gesehen, und er habe eine italienische Kaffeemaschine besessen, zu Hause, in seiner Heimat, die er sehr geliebt habe, also die Kaffeemaschine natürlich, nicht die Heimat, und es tue ihm leid, dass er den Rolling-Stones-Film gestern Abend im Park versäumt habe, denn dann wäre er ein bisschen länger in ihrer Nähe gewesen. Aleksandar kneift die Lippen zusammen und senkt den Blick. Er bietet ihr an, vor ihrer Abreise nach London ihr Handy aufzuladen. Er verschränkt die Arme vor der Brust und lehnt sich auf den Fersen zurück, wie um sie besser sehen zu können, und dann sagt er, es sei ein netter Anblick, wie sie ihn anlache, während der Wind ihr das Haar zerzaust.

MARIE LUISE KASCHNITZ

Lange Schatten

Langweilig, alles langweilig, die Hotelhalle, der Speisesaal, der Strand, wo die Eltern in der Sonne liegen, einschlafen, den Mund offenstehen lassen, aufwachen, gähnen, ins Wasser gehen, eine Viertelstunde vormittags, eine Viertelstunde nachmittags, immer zusammen. Man sieht sie von hinten, Vater hat zu dünne Beine, Mutter zu dicke, mit Krampfadern, im Wasser werden sie dann munter und spritzen kindisch herum. Rosie geht niemals zusammen mit den Eltern schwimmen, sie muss währenddessen auf die Schwestern achtgeben, die noch klein sind, aber nicht mehr süß, sondern alberne Gänse, die einem das Buch voll Sand schütten oder eine Qualle auf den nackten Rücken legen. Eine Familie zu haben ist entsetzlich, auch andere Leute leiden unter ihren Familien, Rosie sieht das ganz deutlich, zum Beispiel der braune Mann mit dem Goldkettchen, den sie den Schah nennt, statt bei den Seinen unterm Sonnenschirm hockt er an der Bar oder fährt mit dem Motorboot, wilde Schwünge, rasend schnell und immer allein. Eine Familie ist eine Plage, warum kann man nicht erwachsen auf die Welt kommen und gleich seiner Wege gehen. Ich gehe meiner Wege, sagt Rosie eines Tages nach dem Mittagessen und setzt vorsichtshalber hinzu, in den Ort, Postkarten kaufen, Ansichtskarten, die an die Schulfreundinnen geschrieben werden sollen, als ob sie daran dächte, diesen dummen Gören aus ihrer Klasse Kärtchen zu schicken, Gruß vom blauen Mittelmeer, wie geht es dir, mir geht es gut. Wir kommen mit, schreien die kleinen Schwestern, aber gottlob nein, sie dürfen nicht, sie müssen zum Nachmittagsschlafen ins Bett. Also nur die Fahrstraße hinauf bis zum Marktplatz und gleich wieder zurück, sagt der Vater, und mit niemandem sprechen, und geht der Mutter und den kleinen Schwestern nach mit seinem armen, krummen Bürorücken, er war heute mit dem Boot auf dem Wasser, aber ein Seefahrer wird er nie. Nur die Fahrstraße hinauf, oben sieht man, mit Mauern und Türmen an den Berg geklebt, den Ort liegen, aber die Eltern waren noch nie dort, der Weg war ihnen zu lang, zu heiß, was er auch ist, kein Schatten weit und breit. Rosie braucht keinen Schatten, wozu auch, ihr ist überall wohl, wohl in ihrer sonnenölglänzenden Haut, vorausgesetzt, dass niemand an ihr herumerzieht und niemand sie etwas fragt. Wenn man allein ist, wird alles groß und merkwürdig und beginnt einem allein zu gehören, meine Straße, meine schwarze räudige Katze, mein toter Vogel, eklig, von Ameisen zerfressen, aber unbedingt in die Hand zu nehmen, mein. Meine langen Beine in verschossenen Leinenhosen, meine weißen Sandalen, ein Fuß vor den andern, niemand ist auf der Straße, die Sonne brennt. Dort, wo die Straße den Hügel erreicht, fängt sie an, eine Schlangenlinie zu beschreiben, blaue Schlange im goldenen Reblaub, und in den Feldern zirpen die Grillen wie toll. Rosie benützt den Abkürzungsweg durch die Gärten, eine alte Frau kommt ihr entgegen, eine Mumie, um Gottes willen, was da noch so herumläuft und gehört doch längst ins Grab. Ein junger Mann überholt Rosie und bleibt stehen, und Rosie macht ein strenges Gesicht. Die jungen Männer hier sind zudringliche Taugenichtse, dazu braucht man keine Eltern, um das zu wissen, wozu überhaupt braucht man Eltern, der Teufel, den sie an die Wand malen, hat schon längst ein ganz anderes Gesicht. Nein, danke, sagt Rosie höflich, ich brauche keine Begleitung, und geht an dem jungen Mann vorbei, wie sie es den Mädchen hier abgeguckt hat, steiles Rückgrat, Wirbel über Wirbel, das Kinn angezogen, die Augen finster niedergeschlagen, und er murmelt nur noch einiges Schmeichelhafte, das in Rosies Ohren grenzenlos albern klingt. Endlich ist die Höhe erreicht, die Stadt auch, das Schiff Rosie bekommt Wind unter die Leinwand und segelt glücklich durch Schattenstraßen, an Obstständen und flachen Blechkästen voll farbiger, glitzernder, rundäugiger Fische hin. Mein Markt, meine Stadt, mein Laden mit Herden von Gummitieren und einem Firmament von Strohhüten, auch mit Ständern voll Ansichtskarten, von denen Rosie, der Form halber, drei schreiendblaue Meeresausblicke wählt. Weiter auf den Platz, keine Ah- und Oh-Gedanken angesichts des Kastells und der Kirchenfassaden, aber interessierte Blicke auf die bescheidenen Auslagen, auch in die Schlafzimmer zu ebener Erde, wo über gusseisernen, vielfach verschnörkelten Ehebettstellen süßliche Madonnenbilder hängen. Auf der Straße ist zu dieser frühen Nachmittagsstunde fast niemand mehr, ein struppiger, kleiner Hund von unbestimmbarer Rasse kläfft zu einem Fenster hinauf, wo ein Junge steht und ihm Grimassen schneidet. Rosie findet in ihrer Hosentasche ein halbes Brötchen vom zweiten Frühstück. Fang, Scherenschleifer, sagt sie und hält es dem Hund hin, und der Hund tanzt lustig wie ein dressiertes Äffchen um sie herum. Rosie wirft ihm das Brötchen zu und jagt es ihm gleich wieder ab, das hässliche, auf zwei Beinen hüpfende Geschöpf macht sie lachen, am Ende hockt sie im Rinnstein und krault ihm den schmutzig-weißen Bauch. Ehi, ruft der Junge vom Fenster herunter, und Rosie ruft Ehi zurück, ihre Stimmen hallen, einen Augenblick lang ist es, als seien sie beide die einzigen, die wach sind in der heißen, dösenden Stadt. Dass der Hund ihr, als sie weitergeht, nachläuft, gefällt dem Mädchen, nichts gefragt werden, aber Gesellschaft haben, sprechen können, komm mein Hündchen, jetzt gehen wir zum Tor hinaus. Das Tor ist ein anderes als das, durch welches Rosie in die Stadt gekommen ist, und die Straße führt keinesfalls zum Strand hinunter, sondern bergauf, durchquert einen Steineichenwald und zieht dann, mit vollem Blick auf das Meer, hochhoben den fruchtbaren Hang entlang. Hier hinauf und weiter zum Leuchtturm haben die Eltern einen gemeinsamen Spaziergang geplant; dass sie jetzt hinter der Bergnase in ihrem verdunkelten Zimmer auf den Betten liegen, ist beruhigend, Rosie ist in einem anderen Land, mein Ölwald, mein Orangenbaum, mein Meer, mein Hündchen, bring mir den Stein zurück. Der Hund apportiert und bellt auf dem dunkelblauen, schmelzenden Asphaltband, jetzt läuft er ein Stück stadtwärts, da kommt jemand um die Felsenecke, ein Junge, der Junge, der am Fenster gestanden und Grimassen geschnitten hat, ein stämmiges, braunverbranntes Kind. Dein Hund? fragt Rosie, und der Junge nickt, kommt näher und fängt an, ihr die Gegend zu erklären. Rosie, die von einem Aufenthalt im Tessin her ein wenig Italienisch versteht, ist zuerst erfreut, dann enttäuscht, da sie sich schon hat denken können, dass das Meer das Meer, der Berg der Berg und die Inseln die Inseln sind. Sie geht schneller, aber der vierschrötige Junge bleibt ihr auf den Fersen und redet weiter auf sie ein, alles, auf das er mit seinen kurzen braunen Fingern zeigt, verliert seinen Zauber, was übrig bleibt, ist eine Ansichtskarte wie die von Rosie erstandenen, knallblau und giftgrün. Er soll nach Hause gehen, denkt sie, mitsamt seinem Hund, auch an dem hat sie plötzlich keine Freude mehr. Als sie in einiger Entfernung zur Linken einen Pfad von der Straße abzweigen und zwischen Felsen und Macchia steil bergabführen sieht, bleibt sie stehen, holt aus ihrer Tasche die paar Münzen, die von ihrem Einkauf übrig geblieben sind, bedankt sich und schickt den Jungen zurück, vergisst ihn auch sogleich und genießt das Abenteuer, den Felsenpfad, der sich bald im Dickicht verliert. Die Eltern und Geschwister hat Rosie erst recht vergessen, auch sich selbst als Person, mit Namen und Alter, die Schülerin Rosie Walter, Obersekunda, könnte mehr leisten; nichts mehr davon, eine schweifende Seele, auf trotzige Art verliebt in die Sonne, die Salzluft, das Tun- und Lassenkönnen, ein erwachsener Mensch wie der Schah, der leider nie spazierengeht, sonst könnte man ihm hier begegnen und mit ihm zusammen, ohne dummes Gegacker, nach fern vorüberziehenden Dampfern Ausschau halten. Der Pfad wird zur Treppe, die sich um den Felsen windet, auf eine Stufe setzt sich Rosie, befühlt den rissigen Stein mit allen zehn Fingern, riecht an der Minze, die sie mit den Handflächen zerreibt. Die Sonne glüht, das Meer blitzt und blendet. Pan sitzt auf dem Ginsterhügel, aber Rosies Schulbildung ist lückenhaft, von dem weiß sie nichts. Pan schleicht der Nymphe nach, aber Rosie sieht nur den Jungen, den zwölfjährigen, da ist er weiß Gott schon wieder, sie ärgert sich sehr. Die Felsentreppe herunter kommt er lautlos auf staubgrauen Füßen, jetzt ohne sein Hündchen, gesprungen.

Was willst du? sagt Rosie, geh heim, und will ihren Weg fortsetzen, der gerade jetzt ein Stück weit ganz ohne Geländer an der Felswand hinführt, drunten liegt der Abgrund und das Meer. Der Junge fängt gar nicht wieder an mit seinem Ecco il mare, ecco l'isola, aber er lässt sich auch nicht nach Hause schicken, er folgt ihr und gibt jetzt einen seltsamen, fast flehenden Laut von sich, der etwas Unmenschliches hat und der Rosie erschreckt. Was hat er, was will er? denkt sie, sie ist nicht von gestern, aber das kann doch wohl nicht sein, er ist höchstens zwölf Jahre alt, ein Kind. Es kann doch sein, der Junge hat zu viel gehört von den älteren Freunden, den großen Brüdern, ein Gespräch ist da im Ort, ein ewiges halblautes Gespräch von den fremden Mädchen, die so liebessüchtig und willfährig sind und die allein durch die Weingärten und die Ölwälder schweifen, kein Ehemann, kein Bruder zieht den Revolver, und das Zauberwort amore amore schon lockt ihre Tränen, ihre Küsse hervor. Herbstgespräche sind das, Wintergespräche, im kalten, traurigen Café oder am nassen, grauen, überaus einsamen Strand, Gespräche, bei denen die Glut des Sommers wieder entzündet wird. Warte nur, Kleiner, in zwei Jahren, in drei Jahren kommt auch für dich eine, über den Marktplatz geht sie, du stehst am Fenster, und sie lächelt dir zu. Dann lauf nur hinterher, Kleiner, genier dich nicht, pack sie, was sagst du, sie will nicht, aber sie tut doch nur so, sie will.

Nicht dass der Junge, der Herr des äffigen Hündchens, sich in diesem Augenblick an solche Ratschläge erinnert hätte, an den großen Liebes- und Sommergesang des Winters, und die zwei, drei Jahre sind auch noch keineswegs herum. Er ist noch immer der Peppino, die Rotznase, dem seine Mutter eins hinter die Ohren gibt, wenn er aus dem Marmeladeneimer nascht. Er kann nicht wie die Großen herrisch auftreten, lustig winken und schreien, ah, bella, jetzt wo er bei dem Mädchen, dem ersten, das ihm zugelächelt und seinen Hund an sich gelockt hat, sein Glück machen will. Sein Glück, er weiß nicht, was das ist, ein Gerede und Geraune der Großen, oder weiß er es doch plötzlich, als Rosie vor ihm zurückweicht, seine Hand wegstößt und sich, ganz weiß im Gesicht, an die Felswand drückt? Er weiß es, und weil er nicht fordern kann, fängt er an zu bitten und zu betteln, in der den Fremden verständlichen Sprache, die nur aus Nennformen besteht. Zu mir kommen, bitte, mich umarmen, bitte, küssen bitte, lieben bitte, alles ganz rasch hervorgestoßen mit zitternder Stimme und Lippen, über die der Speichel rinnt. Als Rosie zuerst noch, aber schon ängstlich, lacht und sagt: Unsinn, was fällt dir ein, wie alt bist du denn überhaupt? weicht er zurück, fährt aber gleich sozusagen vor ihren Augen aus seiner Kinderhaut, bekommt zornige Stirnfalten und einen wilden, gierigen Blick. Er soll mich nicht anrühren, er soll mir nichts tun, denkt Rosie und sieht sich, aber vergebens, nach Hilfe um, die Straße liegt hoch oben, hinter den

Felsen, auf dem Zickzackpfad ihr zu Füßen ist kein Mensch zu sehen, und drunten am Meer erstickt das Geräusch der Brandung gewiss jeden Schrei. Drunten am Meer, da nehmen die Eltern jetzt ihr zweites Bad, wo nur Rosie bleibt, sie wollte doch nur Ansichtskarten für ihre Schulfreundinnen kaufen. Ach, das Klassenzimmer, so gemütlich dunkel im November, das hast du hübsch gemalt, Rosie, diesen Eichelhäherflügel, der kommt in den Wechselrahmen, wir stellen ihn aus. Rosie Walter und dahinter ein Kreuz, eure liebe Mitschülerin, gestorben am blauen Mittelmeer, man sagt besser nicht, wie. Unsinn, denkt Rosie und versucht noch einmal mit unbeholfenen Worten, dem Jungen gut zuzureden, es hätten aber auch beholfenere in diesem Augenblick nichts mehr vermocht. Der kleine Pan, flehend, stammelnd, glühend, will seine Nymphe haben, er reißt sich das Hemd ab, auch die Hose, er steht plötzlich nackt in der grellheißen Steinmulde vor dem gelben Strauch und schweigt erschrocken, und ganz still ist es mit einem Mal, und von drunten hört man das geschwätzige, gefühllose Meer.

Rosie starrt den nackten Jungen an und vergisst ihre Angst, so schön erscheint er ihr plötzlich mit seinen braunen Gliedern, seinem Badehosengürtel von weißer Haut, seiner Blütenkrone um das schweißnasse schwarze Haar. Nur dass er jetzt aus seinem goldenen Heiligenschein tritt und auf sie zukommt und die langen weißen Zähne fletscht, da ist er der Wolf aus dem Märchen, ein wildes Tier. Gegen Tiere kann man sich wehren, Rosies eigener schmalbrüstiger Vater hat das einmal getan, aber Rosie war noch klein damals, sie hat es vergessen, aber jetzt fällt es ihr wieder ein. Nein, Kind, keinen Stein, Hunden muss man nur ganz fest in die Augen sehen, so, lass ihn herankommen, ganz starr ins Auge, siehst du, er zittert, er drückt sich an den Boden, er läuft fort. Der Junge ist ein streunender Hund, er stinkt, er hat Aas gefressen, vielleicht hat er die Tollwut, ganz still jetzt, Vater, ich kann es auch. Rosie, die zusammengesunken wie ein Häufchen Unglück an der Felswand kauert, richtet sich auf, wächst, wächst aus ihren Kinderschultern und sieht dem Jungen zornig und starr in die Augen, viele Sekunden lang, ohne ein einziges Mal zu blinzeln und ohne ein Glied zu bewegen. Es ist noch immer furchtbar still und riecht nun plötzlich betäubend aus Millionen von unscheinbaren, honigsüßen, kräuterbitteren Macchiastauden, und in der Stille und dem Duft fällt doch der Junge wirklich in sich zusammen, wie eine Puppe, aus der das Sägemehl rinnt. Man begreift es nicht, man denkt nur, entsetzlich muss Rosies Blick gewesen sein, etwas von einer Urkraft muss in ihm gelegen haben, Urkraft der Abwehr, so wie in dem Flehen und Stammeln und in der letzten wilden Geste des Knaben die Urkraft des Begehrens lag. Alles neu, alles erst erwacht an diesem heißen, strahlenden Nachmittag, lauter neue Erfahrungen, Lebensliebe, Begehren und Scham, diese Kinder, Frühlings Erwachen, aber ohne Liebe, nur Sehnsucht und Angst. Beschämt zieht sich der Junge unter Rosies Basiliskenblick zurück, Schritt für Schritt, wimmernd wie ein kranker Säugling, und auch Rosie schämt sich, eben der Wirkung dieses Blickes, den etwa vor einem Spiegel später zu wiederholen sie nie den Mut finden wird. Am Ende sitzt der Junge, der sich, seine Kleider in der Hand, rasch umgedreht hat und die Felsenstiege lautlos hinaufgelaufen ist, nur das Hündchen ist plötzlich wieder da und bellt unbekümmert und frech, der Junge sitzt auf dem Mäuerchen, knöpft sich das Hemd zu und murmelt vor sich hin, zornig und tränenblind. Rosie läuft den Zickzackweg hinab und will erleichtert sein, noch einmal davongekommen, nein, diese Väter, was man von den Vätern doch lernen kann, und ist im Grunde doch nichts als traurig, stolpert zwischen Wolfsmilchstauden und weißen Dornenbüschen, tränenblind. Eure Mitschülerin Rosie, ich höre, du warst sogar in Italien, ja danke, es war sehr schön. Schön und entsetzlich war es, und am Ufer angekommen, wäscht sich Rosie das Gesicht und den Hals mit Meerwasser, denkt, erzählen, auf keinen Fall, kein Wort, und schlendert dann, während oben auf der Straße der Junge langsam nach Hause trottet, am Saum der Wellen zum Badestrand, zu den Eltern hin. Und so viel Zeit ist über all dem vergangen, dass die Sonne bereits schräg über dem Berge steht und dass sowohl Rosie wie der Junge im Gehen lange Schatten werfen, lange, weit voneinander entfernte Schatten, über die Kronen der jungen Pinien am Abhang, über das schon blassere Meer.

YUKIKO MOTOYA

Ich rief deinen Namen

Der sich bauschende Vorhang machte mich derart verrückt, dass ich mich während der gesamten Sitzung nicht konzentrieren konnte.

Warum störte das niemanden außer mir? Es war doch nicht normal, wie dieser gelbgrüne Vorhang am Fenster sich blähte. Keine noch so üppigen Falten würden sich derart bauschen. Die Tische waren zu einem U angeordnet, und ich saß als Einzige dem Vorhang direkt gegenüber. Ganz gleich, wie oft ich mich ermahnte, nicht mehr daran zu denken und mich auf die Sitzung zu konzentrieren, sobald ich aufschaute, war der Vorhang in meinem Blickfeld, und es war mir ganz und gar unmöglich, den Vorschlägen meiner Mitarbeiter zu lauschen.

Sollte ich etwas sagen? Vielleicht als Scherz verpackt? »Guckt mal, da ist doch jemand, oder?« Allerdings wusste ich nicht wie, denn ich war nicht gerade für meinen Humor bekannt. Außerdem war die Sitzung für mich von besonderer Wichtigkeit. Nach zähen über sechsmonatigen Verhandlungen war es mir endlich gelungen, den Werbeauftrag einer großen Telefongesellschaft an Land zu ziehen. Ich hatte den Auftraggebern geschworen, hundertprozentig und wunschgemäß eine »sensationelle und nie da gewesene« Kampagne zu liefern, »die in aller Munde« sein würde. Ich musste mich also unbedingt zusammenreißen. Meine Mitarbeiter waren allesamt Männer und jünger als ich. Sollte sich die Ausbuchtung nur als gebauschter Vorhangstoff erweisen, würden sie sich über mich lustig machen. Die Chefin hat's nicht so mit der Logik, typisch Frau usw. Obwohl ich arbeitete wie ein Mann.

Der Raum war zu groß. Ich hatte keinen anderen bekommen können, weshalb wir nun in dem für vierzig Personen ausgelegten

Konferenzsaal im Parterre saßen. Die Entfernung von meinem Platz bis zum Fenster betrug vier Tischlängen. Umso weniger traute ich meiner Wahrnehmung und beobachtete die ganze Zeit verstohlen den Vorhang, während ich mich bemühte, meine Sitzung zu leiten.

Mitarbeiter Nummer 1 präsentierte seinen Entwurf.

»Nicht ganz schlecht«, urteilte ich knapp, »aber auch nicht gerade genial. Nächster Vorschlag, bitte.« Nummer 2 hatte sich kaum erhoben, um seine Idee kundzutun, als der Vorhang meine Aufmerksamkeit wieder auf sich zog. Aus der Nähe würde die Ausbuchtung sich bestimmt als harmlos erweisen. Hatte ich womöglich Halluzinationen, weil ich zu viele Nächte durcharbeitete? Außerdem war ich schon als kleines Mädchen hypersensibel gewesen. Überdurchschnittlich oft hatte ich Trugwahrnehmungen, sogenannte »Pareidolien« – das heißt, ich erkannte in drei Punkten sogleich zwei Augen und einen Mund, und damit ein Gesicht. Sogar aus den Falten eines Kostüms auf dem Bügel starrte mir mitunter ein Gesicht entgegen. Ganz schlimm war gemasertes Holz, da es binnen Sekunden diese Eindrücke bei mir hervorrief. Erst kürzlich hatte ich zufällig durch eine Quizsendung erfahren, dass diese Art der Sinnestäuschung einen Namen hat. »Wie nennt man das Phänomen, in Dingen und Mustern vermeintlich Gesichter und Gegenstände zu erkennen?« lautete die Frage.

Das musste es sein. Ich litt unter dem Vorhangfaltenphänomen. Kaum hatte ich mich beinahe selbst überzeugt, bewegte sich der Vorhang erneut und ich konnte an nichts anderes mehr denken. Dort stand doch jemand. Keine Ahnung wieso, aber hinter dem Vorhang stand jemand. Ganz sicher. Ich griff nach der Mineralwasserflasche, um mich abzulenken. Ich hätte schreien können, aber der Gedanke an meine Position hielt mich gerade noch davon ab. Obwohl der Anblick des

Vorhangs mich mit Bestürzung, ja, Entsetzen erfüllte. Was verbarg sich dahinter? Ein Einbrecher? Ein nackter Mann? Was in aller Welt war da?

Nummer 2 nahm wieder Platz, ich nickte und rang mich, sinnlos am Deckel der Wasserflasche herumspielend, zu einem »hochinteressant« durch. Eine kurze Stille trat ein, und ich fürchtete, etwas Unpassendes gesagt zu haben, gewann jedoch bei dem jäh einsetzenden Stimmengewirr die Fassung zurück. Ich nahm mir vor, die Lage zunächst weiter im Auge zu behalten. Sobald ich mich zu einer Evakuierung entschloss, konnten meine Mitarbeiter notfalls noch durch die Tür entkommen. Nur nichts überstürzen, erst alle Möglichkeiten in Erwägung ziehen.

»Dann also der Nächste, bitte.«

Vielleicht hatte ich doch eine Halluzination. Ich musste an einen Vorfall in einem Einrichtungshaus denken, nachdem mein Freund und ich beschlossen hatten, zusammenzuziehen und zu heiraten. Übrigens hatte ich mich im vergangenen Monat von ihm getrennt, als ich herausfand, dass er sich trotz unserer Heiratspläne mit einer anderen Frau traf. Vielleicht wünschte ich mir irgendwo tief drinnen, dass er es war, der sich hinter dem Vorhang versteckte, und die Ausbuchtung wirkte deshalb zigmal größer, als sie es eigentlich war.

Ich musste mich unbedingt auf die Sitzung konzentrieren. Also versuchte ich das Material durchzusehen, doch die Erinnerungen an meinen Freund sprudelten unaufhaltsam hervor. Pfeif auf die Sitzung! In Wirklichkeit wollte ich doch gar nicht arbeiten. Im Grunde wünschte ich mir nichts anderes, als ihn zu heiraten, mich mit erlesenen antiken Möbeln zu umgeben und ihm von morgens bis abends den Haushalt zu machen. Kochen, waschen und putzen konnte ich doch perfekt. Warum war er also mit dieser Trulla ausgerechnet an einem Ort herumgelaufen, wo ich ihm auf die Schliche kommen musste? Ich war kein Teenager mehr und konnte den Wunsch nach Abwechslung durchaus verstehen. Warum hatte er nicht wenigstens aufgepasst, dass ich nichts mitbekam? War ich so unattraktiv? War ich es nicht mal wert, mit mir über Trennung zu sprechen? War ich eine hässliche Alte? Zum Glück hatte ich nicht geschrien, als ich die Wölbung unter dem Vorhang entdeckt hatte. Sonst hätte ich vor Scham im Erdboden versinken müssen.

Mitarbeiter Nummer 3 beendete seine Präsentation. Ich war zu keiner vernünftigen Bemerkung mehr imstande. »Lassen Sie uns das gemeinsam diskutieren.« Mein unvermittelter Vorschlag verwirrte die Männer.

»Jetzt gleich?« und »Sollten wir nicht zuerst einmal alle Vorschläge hören …?«

»Nein, wir machen das jetzt«, schnitt ich ihnen das Wort ab. Also scharten sich alle um das Whiteboard, um mit dem Brainstorming zu beginnen. Ich blieb sitzen und starrte auf den Vorhang.

Wieso bauschte das Ding sich derart vielsagend?

Eben hatte ich fast klein beigegeben, aber ich konnte einfach nicht akzeptieren, dass ich mir das alles nur »einbildete«. Bestimmt war ich nicht die Einzige, die hinter der Wölbung jemanden vermuten würde. Wie viele Menschen auf der Welt hätten geschwankt? War da jemand? Oder nicht? Dabei sehnte ich mich so sehr nach Eindeutigkeit. Zu viele Zweideutigkeiten hatten bereits ihr Spiel mit mir getrieben. Männer, die kamen, verblassten und verschwanden. Pareidolien. Oder wollte ich mich damit nur wichtigmachen? Was war so toll daran, in drei Punkten ein Gesicht zu erkennen? Außerdem käme ich mir wirklich vor wie eine komische Alte, wenn ich auf den Vorhang hinweisen würde. Eine junge Frau wie die, mit der er mich betrogen hatte, würde doch nie über so was auch nur nachdenken.

Aber ich kann dir einfach nicht verzeihen, schon gar nicht, wo du dich so bedeutungsvoll aufblähst. Du hast keine Ahnung, welchen Einfluss du auf deine Umgebung hast. Verstehst du, wie traurig die Erkenntnis ist, dass nichts von dem, was du siehst, mehr eine Überraschung birgt? Wie traurig es ist, wenn dein Verstand, deine mühsam erworbene Erfahrung und deine Karriere dir nichts mehr wert sind? Wie weit habe ich mich von dem unbeschwerten Mädchen von einst entfernt? Vergeudet, meine Jugend und die Möglichkeiten, die ich vielleicht gehabt hätte. Dein Anblick führt mir vor Augen, was für eine unbedeutende Person ich geworden bin. Lass mich bloß nicht daran denken, wie ich früher war.

»Das darf doch nicht wahr sein! Mehr fällt einer Bande von erwachsenen Männern nicht ein? Wofür werden Sie eigentlich bezahlt?«

Weil Kerle wie du sich gedankenlos und unsinnig aufblähen, gibt es immer mehr traurige Menschen wie mich. All unsere Hoffnungen setzen wir auf euch.

»Diesmal wird es was. Bestimmt. Diesmal muss es klappen.« Doch dann seid ihr nie da, und wir lernen, realistisch zu denken und für alles vernünftige Erklärungen zu finden. Vielleicht lernen wir noch andere Dinge, doch am Anfang steht unweigerlich der Betrug durch einen gebauschten Vorhang. So ein Vorhang war der Erste, der mich hintergangen hat. Vielleicht bin ich deshalb so daran gewöhnt, betrogen zu werden. So viele Männer haben mich belogen und verlassen. Jede Mühe war vergebens. Und mit dir hat alles angefangen. Du bist der Urheber.

»Sie legen jetzt mal Ihre Marker hin und essen ein Stück Schokolade. Sie brauchen Zucker. Vielleicht hilft das, und einer hat eine Idee.«

Es wird Zeit, dass du dich zeigst. Glaubst du, du kannst mich ewig im Unklaren lassen?

Ich hatte es satt. Halbherzige Männer, ausweichende Antworten, sinnlose Bemerkungen wie »du bist okay«, all das war mir zuwider. Ich hasste alles Uneindeutige.

»Wenn Sie sich gestärkt haben, legen Sie los. Ringen Sie sich Ideen ab, so viele Sie können. Gehen Sie an Ihre Grenzen. Und zwar ein bisschen plötzlich!«

Als ich wieder hinsah, hatte die Wölbung hinter dem Vorhang sich ein wenig verringert. Warte! Willst du dich etwa verdrücken? Wortlos, mir nichts, dir nichts? Weil ich dir ehrlich die Meinung sage? Das ist genau die Feigheit, von der ich rede. Jetzt warte doch mal. Ich hab's nicht so gemeint. Du darfst nicht einfach verschwinden, ich schaffe es nicht allein. Trotzdem lasst ihr mich alle sitzen! Warum? Ich habe nicht den Mut, dich gehen zu lassen. Du bist nicht mal mehr da, was? Oder schon auf dem Sprung. Hör dir wenigstens noch meine Geschichte an. Ich war in der dritten Klasse, als ich zum ersten Mal sah, wie du dich aufbauschtest. In meinem Zimmer im ersten Stock, an einem Nachmittag in den Sommerferien. Meine Eltern waren nicht da, und ich war damit beschäftigt, meine Poster umzuhängen. Anfangs dachte ich, ich hätte mich verguckt. »Was ist das denn?«, fragte ich, bekam aber keine Antwort. Und als ich vorsichtig näher kam und dich berührte, schienst du dich sogar auszudehnen. Siehst du, jetzt fällt es dir wieder ein. Ich stürzte hinunter in den Garten, um von außen nachzusehen, was hinter der Scheibe im ersten Stock war. Doch da war nichts. Also kletterte ich aufs Dach, aber auch von dort war nichts zu sehen. Zuerst fürchtete ich mich, doch dann spürte ich, dass das Wesen hinter dem Vorhang mich beschützte, und ich ließ dich dort. Ungefähr zwanzig Tage lebtest du in meinem Zimmer. Wir kamen uns so nah, dass ich dir jeden Abend eine gute Nacht wünschte. Da ich die Vorhänge nicht zuziehen konnte, stellte ich ein Stück Pappe vor das Fenster, damit die Morgensonne uns nicht störte. Offenbar wünschte ich mir schon damals inbrünstig, nicht allein zu sein.

Die Trennung kam plötzlich. Als ich eines Tages mein Zimmer betrat, war der von mir sorgfältig zurückgebundene Vorhang gelöst und dicht geschlossen. Es war ein Fehler gewesen, unsere Beziehung vor meiner Mutter geheim zu halten. In dem Glauben, du hättest mich einfach ohne ein Wort verlassen, riss ich weinend die Vorhänge auf. Zwanzig Tage hatten wir zusammen verbracht, doch nun war niemand mehr dort. Nur die Vorhangborte stauchte sich wie eine leere Hülle in der Ecke. Ich rief deinen Namen. Ganz recht, ich hatte dir einen Namen gegeben!

Es reicht. Die Erinnerung an mein früheres Ich tut zu weh. Damals dachte ich mir keine weitschweifigen Erklärungen aus. Ich war offen für alles. Ich fürchtete mich nicht davor, von meinen Mitarbeitern missachtet zu werden, oder dass man mich für eine schrullige Alte halten könnte. Ich pfiff auf den gesunden Menschenverstand oder so was. Ich war resolut und nicht zu bremsen. Von nichts und niemandem.

Ich warf einen Blick auf das Whiteboard, das meine Untergebenen mit ihren Vorschlägen bekritzelt hatten. Es herrschte ein derartiges Wirrwarr aus bunten sich überschneidenden Linien, dass ich unmöglich unterscheiden konnte, wer was geschrieben hatte. Das ärgerte mich. Was waren das für Idioten? Echt jetzt! Mir war, als hätte ich einen bedeutenden Einfall, und wie in meiner Kindheit malte ich drei schwarze Punkte auf die Rückseite des Handouts und kicherte. He, schaut mal, sieht doch aus wie ein Gesicht, dabei sind es nur drei Punkte!

Meine Mitarbeiter blickten auf das Blatt. »Alles in Ordnung mit Ihnen, Chefin?«, erkundigte einer sich besorgt, aber ich stand auf, winkte ihnen an der Tür kokett zu und verließ den Sitzungsraum. Ich hüpfte den langen gefliesten Flur entlang – über den ich mich beim Gang zum Mittagessen immer beschwerte, weil man dort in Pumps so leicht ausrutschte –, schoss mit einem lauten Yippie! vorwärts und rannte, so schnell ich Lust hatte. Draußen hüpfte ich auf einem Bein durch das Büroviertel, wobei ich an jeder Ecke lauthals Yippie! schrie. Nachdem ich eine Zeit lang herumgesaust war, entdeckte ich an einem Hochhaus drei gelbe, exakt im bewussten Drei-Punkte-Muster angeordnete Fensterputzer-Gondeln. Ich machte mir fast in die Hose vor Freude, denn mir wurde klar, dass jemand sehr Großes mich gefunden hatte.

Da bist du ja endlich, sagte ich zu dir, während mir die Tränen aus den Augen strömten.

BOLU BABALOLA

YAA

Yaa streckte den Arm aus dem Beifahrerfenster. Sie war auf dem Weg zum Ankroba Beach, an einem Werktag mitten im Sommersemester ihres zweiten Studienjahres. Sie hatte sich gestresst gefühlt – von den Prüfungen, von dem Druck, den ihre Familie auf sie ausübte, von der Frage, wer sie sein sollte und wer sie war.

Wie üblich war ihm ihr Stimmungstief nicht entgangen. Er nahm stets intuitiv wahr, wenn sich ihre Gemütslage änderte, wenn Gedanken sie umtrieben. Um sechs Uhr morgens hatte er an die Tür ihres Zimmers im Studentenwohnheim geklopft und ihr aufgetragen, sich anzuziehen. Die Fahrt zum Strand dauerte fast sieben Stunden. Yaa hatte vorgeschlagen, sie sollten sich am Steuer abwechseln, doch er hatte nichts davon wissen wollen. Also hatte sie sich entspannt und unterwegs friedlich geschlafen, während ihre Lieblingssongs liefen. Dann und wann hatte er ihr mit den Fingerknöcheln die Wange liebkost, und dann hatte sie im Halbschlaf gelächelt. Im Nachhinein konnte sie sich nicht entsinnen, je wieder eine derart wohlige Zufriedenheit verspürt zu haben.

Am Strand lagen sie eng aneinandergeschmiegt da und sprachen über ihr Leben, ihre Zukunft, ihre Sehnsüchte, während sie mit den Händen die Landkarte der nackten, sonnengetränkten Haut des anderen erforschten, auf der alle Wege zum Glück führten. Bis auf sie war der Strandabschnitt menschenleer, und der berauschende Cocktail aus Jugend und Liebe machte sie glauben, dass Gott diesen Ort nur für sie geschaffen hatte. Dass sie die Achse der Welt bildeten. Sie tranken Kokosmilch direkt aus der Nuss, aßen fangfrischen frittierten Tilapia und schwelgten dann in der Fülle, die sie einander waren, fühlten sich gelabt und wie elektrisiert.

Sie war taub für das Tosen der Brandung, hörte bloß den süßen Klang ihres Namens aus seinem Mund.

»Yaayaa«, flüsterte er.

Sie waren einander Wunder der Natur.

»Und woher weißt du das?«

Yaa, die gerade damit beschäftigt war, das satte Weinrot auf ihren Lippen zu perfektionieren, hielt inne, und der Blick ihrer sorgfältig geschminkten Augen wanderte von ihrem Spiegelbild zum Handy, das auf der marmornen Waschtischkonsole lag. Ihre beste Freundin konnte zwar nicht sehen, mit welch ungläubiger Miene Yaa das Gerät beäugte, doch sie würde es instinktiv spüren, da war sich Yaa sicher. Sie konnte praktisch hören, wie Abina die Augen verdrehte.

»*Abeg*, sieh mich nicht so an«, tönte Abinas Stimme aus dem Handy. »Ich hasse es, wenn du mich so ansiehst.«

Yaa grinste. »Dann stell keine dämlichen Fragen. Woher ich weiß, dass mir Kofi heute den Antrag machen wird? Weil ich Geburtstag habe und wir im besten Restaurant der Stadt essen gehen, und außerdem hat er mir eine Maniküre spendiert. Ach ja, und ich habe in seiner Sakkotasche ganz zufällig einen Ring gefunden.«

Damit wandte sie sich wieder ihrem Spiegelbild zu und widmete sich noch einmal ihren Lippen, ehe sie sich prüfend betrachtete. Auf ihren hohen Wangenknochen lag ein Glanz, der an den der Liebe erinnerte, und sie hatte sich die schwarzbraunen Augen so geschminkt, dass sie größer und heller wirkten, was den angenehm überraschten Gesichtsausdruck, den sie aufzusetzen gedachte, noch überzeugender machen würde. Ihre makellose, tiefdunkle Haut schimmerte, bereit für etwaige Nahaufnahmen. Yaa fuhr sich mit den Fingern durch die schmalen kordelartigen senegalesischen Twists, die ihr bis zur Hüfte reichten, um sicherzugehen, dass sich die Enden nicht verheddert hatten, und atmete tief durch. Sie sah genau so aus, wie dieser Abend werden würde: perfekt.

»Ah, ja, der Ring, den du *rein zufällig* gefunden hast, als du sämtliche Sakkos, die er besitzt, durchsucht hast.«

Yaa lachte. »Es war wirklich ein Zufall«, sagte sie, während sie sich mit blau-schwarzer Mascara die Wimpern tuschte. »Ich brauchte Trinkgeld für einen Lieferanten, das ist alles. Kofi hätte sich eben ein besseres Versteck überlegen müssen.«

Ihre beste Freundin schnaubte. »Du bleibst also weiter bei deiner Geschichte, ja? Als würdest du nicht jeden Morgen seine Sakkotaschen durchforsten! Aber egal, eigentlich wollte ich auf etwas ganz anderes hinaus, nämlich, woher du weißt, dass du ihn wirklich heiraten willst.«

Yaa hatte gerade nach dem Parfumflakon gegriffen, um sich die Handgelenke zu besprühen, nun jedoch hielt sie mitten in der Bewegung inne. Abinas Frage erschien ihr so befremdlich, dass ihre Gedanken förmlich scheuten, davor zurückschreckten, stellte sie doch das Leben, wie sie es kannte, komplett infrage. Denn dass Yaa und Kofi einmal heiraten würden, war schon immer eine unumstößliche Tatsache gewesen.

Ihre Familien waren die beiden einflussreichsten der Aschanti-Region und hatten in Kumasi, der Hauptstadt der Provinz, in etwa den gleichen Status wie die Angehörigen eines Königshauses. Kofi entstammte einer politisch einflussreichen Dynastie, die über Generationen Stammesanführer, Bezirksvorsteher und Gouverneure hervorgebracht hatte; Yaas Familie hatte aus dem Stand eines wackeren Händlers auf dem alten Kejetia Market die größte Kaufhauskette der Region gemacht und im Laufe der Jahre Gewerkschaften gegründet, Absicherungsmaßnahmen für Gewerbetreibende durchgesetzt und damit die lokale Regierung gehörig auf Trab gehalten. Kofis Familie stand für altes Geld, alte Macht und vergangene Zeiten, in denen die Welten von Marktfrau und *Ohemaa* klar voneinander getrennt gewesen waren. Yaas Familie dagegen verwischte die Grenzen und schuf eine neue Welt, in der Händlerinnen zu Königinnen avancieren konnten, allen voran die Ururgroßmutter, nach der Yaa benannt war.

Beinahe ein Jahrhundert waren ihre Clans natürliche Feinde gewesen, repräsentierten sie doch den Krieg der Klassen, Normalsterbliche versus Privilegierte. Beide beanspruchten dasselbe Terrain und verübelten dies dem jeweils anderen. Yaas Familie diente dem Volk, wo es ging, schuf Arbeitsplätze und Sozialleistungen, wo die Regierung versagte, und wurde von Kofis Familie dafür angefeindet, dass sie die einfachen Leute wachrüttelte und gegen die herrschende Klasse aufhetzte. Doch in der Generation ihrer Eltern ließen mit der Sesshaftwerdung von Yaas Familie und der Stärkung ihrer Position in der Gesellschaft die Feindseligkeiten allmählich nach. Schon bald gab es, bedingt durch Machtbestrebungen und die räumliche Nähe, erste vorsichtige Annäherungen. Bis Yaa und Kofi zur Welt kamen – im selben Jahr, beides Einzelkinder – waren ihre Familien bereits Verbündete und ostentativ befreundet, man hatte gemeinsame Ambitionen und gemeinsame Häuser am See.

Seit Yaa denken konnte, wurde sie von den Mitgliedern seiner Familie mit dem Kosenamen »kleine Ehefrau« angesprochen, Kofi wiederum nannte ihren Vater seit dem Tod seines eigenen »Pa«. Ihre Familien waren zu dem Schluss gekommen, dass sie, wenn sie sich zusammentaten, die besten Chancen hatten, ihr jeweiliges Erbe zu erhalten – und zu verwalten. Also hatten Kofi und Yaa dieselben Schulen besucht, und mit dem Eintritt ins Erwachsenenalter war aus ihrer Freundschaft eine Liebesbeziehung geworden, wenn auch eher infolge elterlicher Förderung als auf natürlichem Wege. Einmal abgesehen von den drei Jahren an der Universität, die sie getrennt verbracht hatten (sie hatten damals pragmatisch beschlossen, eine Beziehungspause einzulegen, damit sie einander später bessere Partner sein konnten; ein Einfall von Yaa, dem Kofi bereitwillig zugestimmt hatte), waren sie stets zusammen gewesen. Eigentlich war es nie eine richtige Freundschaft gewesen, sondern vielmehr eine Übereinkunft. Eine Partnerschaft. Sie ergänzten einander. Kofi hatte Jura studiert, Yaa Politik- und Wirtschaftswissenschaften. Inzwischen war Kofi ein erfolgreicher Anwalt und feilte an seiner Wahlkampfstrategie – er wollte der bislang jüngste Bezirksvorsteher und in weiterer Folge der jüngste Gouverneur des Landes werden. Yaa wiederum hatte in der Firma ihrer Eltern die Leitung der Abteilung Unternehmerische Gesellschaftsverantwortung übernommen. Ihr Plan bestand darin, eng mit Kofi zusammenzuarbeiten, um in ihrer politischen Funktion als seine Gattin den Ausbau von Sozialleistungen voranzutreiben. Sie bildete die Verbindung zwischen Kofi und den Normalsterblichen. Kofi hatte das Erbe, Yaa die Ideen. Sie waren ein Team, dienten einander als Gegengewicht. Kofi und Yaa, Yaa und … Nein, es hieß nie Yaa und Kofi, sondern ausschließlich Kofi und Yaa. Kofis Identität war mit der ihren verschmolzen, eine Tatsache, die sich unter anderem in ihrem gemeinsamen Spitznamen manifestierte. Er prangte in den Klatschzeitungen unter sämtlichen hochauflösenden Fotos, die sie zusammen auf Galas zeigten: *Kofiyaa*. Sie waren ein Bilderbuchpaar: jung, vital, verliebt, erfolgreich. Schön, ehrgeizig, rundum perfekt.

Kofis Mutter sprach über ihre Enkelkinder, als wären sie bereits geboren: eine Kombination aus Kofis Intellekt und Yaas Aussehen, wenn auch mit dem etwas helleren Teint von Kofis Familie, wie sie stets ungerührt lächelnd hinzufügte, ein Seitenhieb auf die dunkle, »von der Sonne durchdrungene Haut einer ehrgeizigen Marktfrau«, die Yaa geerbt hatte. Yaa störte sich nicht daran. Sie musste Kofis Mutter in dem Glauben lassen, dass der Beitrag ihres Sohnes zu dieser Partnerschaft der größere war. Allen Freundschaftsbezeugungen zum Trotz und obwohl ihre Familien nun zumindest in der Theorie gesellschaftlich gleichgestellt waren, war und blieb Kofis Familie nun einmal Kofis Familie. Die Allianz mit Yaas Familie war einer taktischen Notwendigkeit geschuldet, dem Bestreben, den Thron zu sichern. Eine jahrzehntelang kultivierte autoritative Haltung und tief verwurzeltes Elitedenken weckten bei Kofis Mutter den Drang, zu behaupten, Yaa sei mehr auf Kofi angewiesen als umgekehrt, und Yaa tat ihr gern den kleinen Gefallen, diese Sichtweise zu bestätigen. Es war in vielerlei Hinsicht ein Kompliment, denn Yaa war der Beweis dafür, dass eine Frau mehr sein konnte als schmückendes Beiwerk am Arm eines Mannes, das eingesetzt wurde, um einen Deal zu verbrämen; mehr als ein Mittelchen, das Männer weicher wirken ließ und signalisieren sollte, dass sie ein Herz hatten. Yaa konnte ein Auge zudrücken, wenn ihr Kofis Mutter von Aufheller-Cremes erzählte, mit denen sich ihr Teint »veredeln« ließe, weil sie »noch schöner wäre, wenn man ihr die viele Sonne nicht gar so deutlich ansähe«. Es war nämlich eine unleugbare Tatsache, dass Yaa in der Schule durchwegs besser als Kofi abgeschnitten und alle wichtigen Wettbewerbe für sich entschieden hatte. Bei politischen Events war sie diejenige, mit der man sich austauschte, und wenn sie sich an Debatten beteiligte, stiftete sie unter den männlichen Teilnehmern so viel Aufruhr, dass diese sowohl beeindruckt als auch eingeschüchtert waren. Sie wusste, derlei beunruhigte Kofis Mutter, weil es all das, was für sie die Norm war, auf den Kopf stellte und damit ihre heile Welt ins Wanken brachte. Deshalb regte sich Yaa über die bedeutungslosen Sticheleien der alten Dame nicht auf. Es hätte ohnehin nicht viel gebracht. Yaas Zukunft war untrennbar mit Kofis Zukunft verbunden. Man hatte ihr das Wissen, dass sie füreinander bestimmt waren, nicht erst vermitteln müssen, denn sie war bereits damit zur Welt gekommen. Es war ein inhärenter Bestandteil ihres Denkens, die Basis sämtlicher Strategien, die sie sich für ihr Leben und ihre Karriere zurechtgelegt hatte. Yaa war sich ihres Einflusses bewusst, hatte jedoch auch erkannt und akzeptiert, dass sich dieser Einfluss durch die Partnerschaft mit Kofi noch weiter ausbauen ließ. Dass er ihr dabei half, sich die Welt zu eröffnen.

Es wäre schwierig gewesen, ihrer Freundin all dies kurz und bündig zu erklären, selbst wenn sie es gewollt hätte, also zuckte sie lediglich die Schultern, eine Geste, die Abina ihrem Tonfall zweifellos anhören würde. Zugleich hoffte Yaa, damit die seltsamen kleinen Strudel des Unbehagens vertreiben zu können, die sich in ihrem Magen gebildet hatten. »Ich weiß es eben. Es ist einfach so. Es gibt keine Welt, in der wir nicht zusammen sind.«

»Tja, das klingt zwar sehr romantisch, aber es ist gelogen. Es gibt sehr wohl eine solche Welt, besser gesagt, es gab sie. Die Welt, in der wir uns kennengelernt haben, an der Universität. Weißt du noch? Erinnerst du dich an die Yaa von damals? Fehlt sie dir nicht?«

Yaa schluckte in dem Versuch, das Gefühl der Enge zu vertreiben, das ihre Kehle emporkroch. »Hey, ich sehe gerade, mein Hitch-Fahrer steht schon draußen vor der Tür.« Zum Glück lieferte ihr die Wahrheit eine Gelegenheit zur Flucht vor den Fragen, auf die sie keine Antwort hatte.

»Yaa …«

»Ich muss los.« Yaa deaktivierte die Lautsprecherfunktion an ihrem Handy, klemmte sich das Gerät zwischen Kinn und Schulter und eilte in den Flur, wo sie in ihre schwarzen Peeptoes schlüpfte. Ihre frisch lackierten Zehennägel schimmerten perlweiß.

Abina seufzte. »Entschuldige. Aber du weißt, ich will bloß, dass du glücklich bist, Sis. Macht er dich glücklich?«

Yaa betrachtete sich im Flurspiegel. Obwohl sie sich viel Mühe gegeben hatte, ihre Augen so zu betonen, dass sie verhaltene Freude bekundeten, taten ihre künstlich verlängerten Wimpern nur eines: Sie brachten etwas Düsteres in ihrem Blick zum Vorschein, das ihn nüchtern und durchdringend wirken ließ. Es war ein Teil ihrer selbst, den sie für gewöhnlich verbarg, doch nun hatte es den Anschein, als hätte er sich ans Tageslicht gekämpft, um ihr etwas mitzuteilen. Yaa blinzelte und zwang sich, ein strahlendes Lächeln aufzusetzen, das breit genug war, um das ungute Gefühl zu verdrängen. Es war jenes Lächeln, das sie auf Dinnerpartys zur Schau stellte, wenn ihr Kofi unter dem Tisch warnend das Knie drückte, um ihr zu signalisieren, dass es an der Zeit war, ihre »Soziale-Gerechtigkeits-Tirade«, wie er es nannte, zu beenden. Oder wenn er ihren Arm umklammerte, weil sie aus der Rolle gefallen war – aus der Rolle der Freundin, die zwar clever ist, aber nicht so clever, dass sie den Mann an ihrer Seite damit blamiert. Yaa strich ihr gelbes Kente-Kleid glatt. Der gemusterte Webstoff schmiegte sich an ihre Kurven, der runde Ausschnitt war tief, aber nicht zu tief, der Saum reichte bis knapp übers Knie. Es war sexy und doch sittsam, wie es sich gehörte für die zukünftige Gattin eines zukünftigen Ministers. Sie war bereit für die Schnappschüsse, mit denen Instagram und sämtliche Society Blogs keine halbe Stunde nach dem Antrag zugepflastert sein würden. Kofi hatte garantiert einen Fotografen engagiert. Yaa nickte ihrem Spiegelbild zu. »Wir sind perfekt füreinander.«

Komme 20 Min. später. Besprechung ging länger als erwartet. Habe unsere Reservierung verschoben. Bis gleich. K.

Das Hitch-Taxi fuhr an, während Yaa auf der Rückbank ungläubig blinzelnd die Nachricht las und dann verärgert die Augen verdrehte. Doch nicht ausgerechnet *heute*! Selbst, falls es nicht *der* Abend werden sollte, sie hatte Geburtstag! Aber da bereits feststand, dass sie für immer und ewig zusammen sein würden, betrachtete Kofi sie nun einmal als Selbstverständlichkeit. Er überhäufte sie mit Geschenken, machte Luxusurlaube mit ihr und führte sie in noble Restaurants aus, doch wenn es darum ging, ihr seine Zeit, seine Aufmerksamkeit, sein Ohr zu schenken, sah er in ihrer seit Langem vorherbestimmten Beziehung nicht die Notwendigkeit, sich sonderlich anzustrengen. Sie würden Mann und Frau werden; nichts würde daran etwas ändern, das wusste er. Yaa organisierte für ihn Partys, äußerte sich bei Wahlkampfveranstaltungen vor den Menschenmassen anerkennend über ihn, rieb ihm bei Dinnerpartys demonstrativ lachend den Arm, trug unbequeme Reizwäsche für ihn – und Kofi benahm sich, als wäre es allein ihre Pflicht, sich ins Zeug zu legen, als wäre seine bloße Anwesenheit bereits vollkommen ausreichend. Und dann schaffte er es noch nicht einmal, pünktlich aufzukreuzen. Er hätte lediglich zur Feier des Tages so tun müssen, als würde er nicht seine Assistentin vögeln, doch nicht einmal *dazu* war er offenbar imstande. Yaa sah es ihm nach, dass er seine Assistentin vögelte. Sie fand es sogar nützlich. Ihre Nebenbuhlerin war zielstrebig und clever, das wusste Yaa, weil sie auch wusste, dass Kofi der jungen Frau die Business-Management-Abendkurse finanzierte. Sie hatte der Assistentin zu verstehen gegeben, dass sie Bescheid wusste, und auf ihre bestürzte Reaktion hin durchblicken lassen, dass es keine große Sache sein müsse, sie wolle lediglich über etwaige wichtige Meetings informiert werden, von denen Kofi ihr nicht erzählte. Yaa wollte von den drakonischen Bestimmungen erfahren, die er einzuführen versuchte – Bestimmungen, die dazu dienten, die Elite zu stärken und die

Armen zu unterdrücken, jene also, die zu beschützen er bei seinem Amtsantritt gelobt hatte. Die Assistentin hatte vielsagend gelächelt und gesagt: »Kein Problem, Madam.« Sie profitierten beide davon.

Trotzdem ärgerte es Yaa, wenn sich Kofi bisweilen nicht einmal die Mühe machte, ihr ein Mindestmaß an Respekt zu zollen. War das denn wirklich zu viel verlangt? Schließlich kannten sie sich schon ihr ganzes Leben, und was auch immer geschah, sie saßen im selben Boot. Wenn Kofi um seinen alten Herrn weinte, dann nur bei Yaa, in der Vertrautheit ihrer einzigartigen Zweisamkeit. Nur sie wusste, dass er seinem Vater, der schon zu Lebzeiten durch Abwesenheit geglänzt hatte, seit dessen Tod noch heftiger deswegen grollte. Kofi wiederum verteidigte sie, wann immer ihr seine Mutter mit ihren Sticheleien allzu sehr zusetzte. Sie waren ein Team, ungeachtet der Umstände.

Allein, es fehlte das »Sorry« am Ende seiner Nachricht – wozu sich entschuldigen, wenn man überzeugt ist, nichts falsch gemacht zu haben? Yaa fluchte halblaut. Sie verfügte über ein beeindruckendes Repertoire an Kraftausdrücken, ihre ganz persönliche Mischung, mit spezieller Betonung bestimmter Wörter. Kofi hasste es, wenn sie fluchte. »Da kommt das Marktweib in dir zum Vorschein«, sagte er immer. Yaa überlegte gerade, ob sie den Fahrer bitten sollte, umzukehren und sie wieder nach Hause zu bringen, als er an einer Ampel hielt und das Wort an sie richtete.

»*Yaayaa.*«

Die tiefe, vertraute Stimme bohrte sich nadelgleich in sie, wand sich um ihr Herz und quetschte es so fest zusammen, dass Yaa nach Luft schnappte. Nur ein einziger Mensch nannte sie so. »Yaayaa«, das war sie – die beste, reinste, lebendigste Version ihrer selbst, mal zwei genommen.

Yaayaa. Ein Kosename wie ein Kuss mit dem Aroma von Zuckerrohr und Whisky. Sie hatte ihn so lange und so tief vergraben – regelrecht erstickt –, dass er bei seiner plötzlichen Befreiung nun auf einen Schlag die gesamte Luft im Auto in sich aufzusaugen schien und sie nach Atem ringen ließ. Das Display ihres Telefons verschwamm vor ihren Augen. Sie hob den Kopf, um den Fahrer anzusehen. Sie musste sich nicht versichern, dass er es war. Sie wusste es. Ein Irrtum war ausgeschlossen, dafür war es ein viel zu großer Zufall. Es war ein schlechter Witz, eine grausame Ironie des Schicksals, über die sie gelacht hätte, wäre nicht sie selbst das Opfer gewesen. Vielleicht konnte sie morgen darüber lachen. Vielleicht eignete sich die Begebenheit ja als Anekdote für ihren Junggesellinnenabschied. Die mit allen Wassern gewaschene Yaa in ihr verspürte den Drang, aus dem Wagen zu springen, solange er noch an der Kreuzung stand, und zu ihrer Wohnung zurückzusprinten. Doch mit jeder Sekunde, die verstrich, fand sie diese Yaa surrealer. Sie kam ihr vor wie eine Hochstaplerin. Jeder Zentimeter ihres Körpers befand sich in einem Zustand der Erinnerung, war im Begriff, sich neu auszurichten, seine frühere Form wieder anzunehmen. Und das alles nur beim bloßen Klang dieser Stimme.

»Adric.«

Es gab zwei Menschen auf der Welt, die die echte Yaa kannten, die ehrliche, die mächtige Yaa, ihr wahres Wesen. Der eine war Abina, ihre beste Freundin und Schwester im Geiste, der andere war der Mann mit der überraschten Miene, die, eben noch weich und zärtlich, nun einer kühlen, erzwungenen Distanziertheit wich.

Er nickte.

Seine Züge waren sichtlich angespannt, das Kinn, das sie so oft mit dem Daumen liebkost hatte, um es im Anschluss daran mit Küssen zu übersäen, war energisch vorgeschoben.

»Mir ist zwar dein Name aufgefallen, als die Buchung über die App reinkam, aber ich hatte nicht damit gerechnet, dass du es tatsächlich ...« Er brach ab und musterte sie über den Rückspiegel. »Das wurde mir erst klar, als du eingestiegen bist, und dann wusste ich nicht so recht, ob ich dich ansprechen oder lieber so tun sollte, als würde ich dich nicht erkennen. Und ... Na ja, dann hast du geflucht, und ich mochte es schon immer, wenn du fluchst. So richtig unflätig. Ausgesprochen plastisch. Geradezu poetisch.«

Yaa lachte und spürte, wie sich der Knoten in ihrem Inneren löste.

»Da ist mir das *Yaayaa* einfach rausgerutscht«, fuhr er schulterzuckend fort. »Entschuldige.«

Sie schluckte. »Du musst dich nicht entschuldigen. Du bist der Einzige, der mich je so genannt hat, und du wirst immer der Einzige sein.«

Sie hatten sich bei einer Studentendemo kennengelernt, im ersten Jahr an der Universität. Er hatte nicht geahnt, wen er vor sich hatte; für ihn war sie bloß das Mädchen gewesen, das den Protestmarsch anführte und sich markige Gesänge ausdachte, über elitäre Politiker, die strengere Kriterien für die Stipendienvergabe einführen wollten. Je weniger Leute die Universität besuchten, desto mehr Macht blieb in denselben Händen. Adric wusste nicht, dass sie gegen die Leute protestierte, in deren Kreise sie einheiraten sollte. Als sie ihn bemerkte, wäre sie angesichts der Wucht, mit der sein Blick sie traf, beinahe gestolpert. Es war mehr als ein oberflächliches Sich-hingezogen-Fühlen, es war ein Unbedingt-kennenlernen-Wollen, ein Alles-wissen-Wollen. Bei der anschließenden Party in einem Studentenwohnheim erzählte er Yaa, er sei der Sohn einer Schneiderin und eines Zimmermanns. Sie sagte, ihre Familie sei ebenfalls im handwerklichen Sektor tätig, und wechselte rasch das Thema. Sie hätte ihm die Wahrheit sagen müssen, das war ihr bewusst, doch zu verführerisch war die Blase, in der sie schwebte, zu aufgekratzt ihre Stimmung in Anbetracht des angeregten Gesprächs. Ihr Umgang miteinander war von Anfang an locker-entspannt und von Neckereien geprägt, bei denen sie sich mühelos gegenseitig den Ball zuspielten. Sie fand Gefallen an seinen Gedanken und daran, dass er sich für die ihren interessierte. Die Liebe keimte auf Anhieb in ihrem Herzen auf – eine Art Liebe, wie sie sie bis dahin nicht gekannt hatte; unbekümmert, rein, ohne jegliche Erwartungen. Offen und bedingungslos. Auf dieser Party, an diesem Abend, küssten sie sich zum ersten Mal, während sie in einer Ecke miteinander tanzten, inmitten von verhängten Lampen und Plastikbechern mit warm und schal gewordenen Mischgetränken. Die Luft vibrierte von den Klängen des R&B, von Möglichkeiten und Verheißungen. Sie waren zwei junge Menschen, die sich zusammengefunden hatten, um die Welt zu verändern. Zwei junge Menschen, die ihr ganzes Leben vor sich hatten. Zwei junge Menschen, die einander eng umschlungen hielten – seine Arme lagen um ihre Taille, die ihren um seinen Hals – und die damit beschäftigt waren, den anderen zu erkunden, zu erobern, in sich aufzusaugen.

Sie verliebten sich alarmierend rasch und heftig, bis über beide Ohren, waren wie trunken vor Liebe; einer Liebe, die durch Yaas Adern pulsierte, den Kern ihres Wesens an die Oberfläche steigen und ihre Haut schimmern ließ, bis sich ihre Freundinnen über sie lustig machten und ihre Mutter rätselte, warum sie so anders aussah. Zu zweit diskutierten sie Ideen und Perspektiven, lernten voneinander; ihre Gedankengänge – und ihre Zärtlichkeiten – waren ein kontinuierliches Frage- und Antwortspiel, ein ständiges Geben und Nehmen.

Yaa sperrte die ihr vorbestimmte Zukunft aus ihrer Welt mit Adric aus. Wenn sie mit ihm zusammen war, konnte sie so tun, als wäre sie lediglich Yaayaa, frei von Sorgen und Verpflichtungen. Sie wusste, es konnte nicht von Dauer sein. Sie waren etwa ein Jahr zusammen, als Adric eine Nachricht von Kofi auf ihrem Handy aufleuchten sah.

Zoff mit Mum. Telefonieren? Ich brauche dich.
Und Du fehlst mir. Niemand peilt es so wie du.

Ihrer Auszeit zum Trotz gab es zwischen Yaa und Kofi Bande, die sie nicht abstreifen konnten.

Yaa beteuerte Adric heftig schluchzend, sie habe ihn nicht betrogen, und das werde sie auch *niemals* tun. Trotzdem musste sie ihm erklären, dass sie ihm so einiges verheimlicht hatte. Er war verwirrt, wütend, am Boden zerstört. Ihr familiärer Hintergrund störte ihn nicht; Yaa war noch immer, wer sie war, sie glaubte noch immer an all das, woran sie vorher geglaubt hatte, doch die Tatsache, dass das Ende ihrer Beziehung vorprogrammiert war, brach ihm das Herz. Sie sagte ihm, sie verfolge einen Plan, Kofi sei für sie lediglich ein Mittel zum Zweck, sie wolle das System von innen heraus verändern. Adric lachte verbittert und starrte sie an, bis eine Erkenntnis seinen Blick nachsichtig, fast schon mitleidig werden ließ.

»Du glaubst das wirklich, oder? Ich habe miterlebt, wie du Studenten mobilisiert und die gesamte Fakultät zum Zittern gebracht hast, und jetzt kommst du mir mit diesem archaischen Mist von wegen Kinderverlobung? Du musst diesen Typ heiraten, weil eure Familien einen Pakt geschlossen haben? Und du glaubst ernsthaft, du könntest auf diese Weise die Welt verändern? Meinst du nicht, dass es dich korrumpieren wird? Du willst uns wirklich opfern für diese Fantasie? Glaubst du echt, das ist es wert? Was redest du da, Yaa? Wer bist du?«

Sie konnte nicht eine seiner Fragen beantworten. Sie sah einfach keinen Ausweg. Sie wusste nicht, wie sie sich aus ihrer Welt befreien sollte, ohne einen Teil ihrer selbst aufzugeben. Kofi war ein Pfeiler ihres Gerüsts. Er holte sie regelmäßig auf den Boden der Tatsachen zurück, erinnerte sie an ihre Pflichten, daran, dass ihr Glück ein Ablaufdatum hatte.

Sowohl Adric als auch Yaa weinten an jenem Abend, an dem sie ihm alles gestand. Sie saßen flüsternd auf dem Boden und hielten sich an den Händen, sie sprangen auf und brüllten sich an, sie liefen auf und ab, umarmten sich. Sie redeten und redeten und redeten. Schließlich fragte Adric mit leiser Stimme und in einem Tonfall, der ihr schier das Herz zerriss, ob ihre gesamte Beziehung für sie nur ein Experiment gewesen sei, ein kleines Abenteuer. Ob sie glaubte, sich als privilegierte Tochter reicher Leute eine Weile mit dem Prekariat abgeben zu müssen, zur Beruhigung ihres Gewissens. Er fragte sie, ob sie hinter seinem Rücken über ihn lachte, über seine Schrottkarre, seinen Job als Barkeeper. Die Tränen rollten ihr noch schneller über die Wangen, als sie sein Gesicht zwischen beide Hände nahm und ihn statt einer Antwort küsste. Er erwiderte den Kuss. Es war ein leidenschaftlicher Kuss; die Art von Kuss, bei der sich einem das Herz in der Brust zusammenzieht. Die Art von Kuss, in der man sich verliert und wiederfindet. Als sie schließlich voneinander abließen, schüttelte sie den Kopf.

»Du bist der beste Mensch, den ich kenne. Das mit uns war echt, Adric. Es *ist* echt. Die Yaa, die ich bei dir bin, ist die echte Yaa. Bei dir bin ich chaotisch, kopflos, planlos. Bei dir muss ich nicht perfekt sein, ich muss einfach nur *sein*. Es war kein Experiment. Das hier bin ich, so rein und unverfälscht, wie ich mich selbst bisher gar nicht kannte. Ich habe zum ersten Mal ein eigenes Leben geführt.«

»Dann führe es weiter, Yaa. Entscheide dich für dich selbst. Befreie dich von diesen Leuten und ihren Erwartungen.«

Yaa öffnete den Mund und klappte ihn gleich wieder zu. Wenn es doch nur so einfach wäre! Ihre Familien hatten

Abmachungen getroffen. Ihre Zukunft war untrennbar mit Kofis Zukunft verbunden. Yaa und Kofi kannten keine Welt ohne einander. Kofi war stets da gewesen. Er war ihr Erster gewesen, in jeder Hinsicht. Kofi verstand nichts von Liebe, weil seine Eltern es nicht taten, aber er versuchte, sie zu lieben, auf seine Weise; versuchte, es wettzumachen, wo er konnte. Es war nicht die schlechteste Art und Weise, die Welt zu verändern. Nach einigen Minuten tödlichen Schweigens nickte Adric mit feuchtglänzenden Augen und stählernem Blick.

»Die, für die ich dich gehalten habe, wird mir fehlen.«

Damit verließ er ihr Zimmer.

Yaa wusste nicht, was sie erwartet hatte. Das Platzen der Blase war vorprogrammiert gewesen, doch es fühlte sich schlimmer an als die Trennung von einem Jungen. Es fühlte sich an wie eine Trennung von sich selbst – nicht, weil besagter Junge wie Kofi quasi ihr Siamesischer Zwilling gewesen wäre, sondern weil sie mit Adric so sehr sie selbst hatte sein können wie noch nie. Sie wusste, dieses Gefühl würde nicht wiederkehren. Der Riss in ihrem Herzen schmerzte so brutal, dass sie sich zweiteilen musste, um zu überleben. Es gelang ihr, die eine Hälfte von sich – die Yaayaa, die sie sein wollte – wegzupacken, sie niederzuringen mithilfe der anderen Hälfte, die glauben musste, dass nicht Adric, sondern Kofi ihr Schicksal war. Adric hatte ihr die Pause verschafft, die sie benötigt hatte, um sich künftig ganz auf ihre Pflichten konzentrieren zu können. Sie hatte sich ausgetobt, nun war Schluss mit den Frivolitäten.

Von da an überließ sie der Rationalen, mit allen Wassern gewaschenen Yaa das Kommando. Jener Yaa, die darüber hinwegsehen konnte, dass ihr Freund an ihrem Geburtstag eine andere Frau vögelte. Kofi hatte von seinem Vater das Geld und den schwachen Willen geerbt, doch Yaa wusste, wenn er überhaupt auf einen Menschen hörte, dann auf sie. Er vertraute ihr mehr als sonst irgendjemandem auf der Welt. Er war unsicher, und er bewunderte sie und verließ sich auf ihre Stärke, so seltsam das auch scheinen mochte. Während des Studiums hatte er ihr am laufenden Band Nachrichten geschickt, obwohl sie eigentlich getrennt waren und er die Hälfte seiner Kommilitoninnen flachgelegt hatte. Er brauchte unablässig Bestätigung, von jemandem, der nicht nur sein Geld und seinen Namen sah. Die Zeit ohne Kofi hatte es Yaa erlaubt, das Korsett der Verantwortung abzulegen, zu wachsen und herauszufinden, wer sie wirklich war. Danach hatte sie ihre Lebensaufgabe noch klarer gesehen. Ihre Macht musste durch ihn wirken. Yaa hatte sich zwar verstümmeln und verbiegen müssen, um wieder in ihr Korsett zu passen, in die Welt von Kofi und Yaa, dennoch war dies in ihren Augen die effektivste Art und Weise gewesen, etwas zu verändern.

Jetzt allerdings, da sie von einer Hitzewelle erfasst und mit heftig pochendem Herzen hier auf der Rückbank dieses Taxis saß, spürte sie, wie sich ihr verstümmeltes Selbst regenerierte und neu entfaltete.

»Wie kommt es, dass …? Ich meine, es ist ja völlig in Ordnung, dass du …« Es fühlte sich derart ungewohnt an, ihm so nah zu sein, dass sie keinen vollständigen Satz herausbrachte.

»Ja, ich weiß, es ist völlig in Ordnung, dass ich Taxi fahre, Yaa«, schnarrte er, und beim harten Klang seiner Stimme rutschte ihr unversehens das Herz in die Hose.

»Natürlich.«

Sie schwiegen, während Adric anfuhr. Schließlich rieb er sich seufzend die Stirn.

»Ich unterrichte Politikwissenschaft am City Polytechnic. Mama wurde vor ein paar Monaten krank. Keine Sorge, sie hat sich wieder erholt, aber ich fahre manchmal nach Feierabend Taxi, damit ich ihr finanziell unter die Arme greifen kann.«

Yaa machte sich seit Monaten für ein Gesetz stark, das den Lebensunterhalt von krankheitsbedingt arbeitsunfähigen älteren Mitbürgern sichern sollte. Sie hatte versucht, Kofi dazu zu bringen, dass er diesen Punkt in sein Wahlkampfprogramm aufnahm. Er hatte gesagt, was er zu all ihren Vorschlägen sagte: »Alles zu seiner Zeit, Yaa.«

Yaa räusperte sich. »Tut mir leid, das zu hören. Ein Glück, dass es ihr wieder gut geht. Sie fehlt mir.«

»Du fehlst ihr auch. Sie redet andauernd von dir. Es gefällt ihr, wenn du dich in den Nachrichten zu wichtigen Angelegenheiten äußerst. Dich mit Kofi zu sehen gefällt ihr weniger. Sie vertraut ihm nicht. Seine Ohren sind zu klein, sagt sie.«

Yaa lächelte. Typisch Adric, der Unterhaltung einen Anstrich von Normalität zu verpassen, um ihr Unbehagen zu zerstreuen und ihr die Nervosität zu nehmen. »Hm. Seine Ohren sind tatsächlich recht klein. Vielleicht hört er deshalb kaum je etwas anderes als seine eigene Stimme.«

In der nun folgenden Gesprächspause reimte ein Rapper im Radio »waist« auf »rotate« und tönte großspurig: »I'll pound it till you're soft like fufu«. Es dauerte einen Augenblick, dann prusteten sie los. Es war ein befreiendes, kathartisches Lachen angesichts der Absurdität und Deplatziertheit, der Tragik der Gesamtsituation.

Sie hielten an der nächsten Ampel.

»Könntest du bitte die Türen entriegeln?«, bat Yaa.

Adric drehte sich zu ihr um und sah sie mit großen Augen an. »Yaa ... Ist das dein Ernst? Lass dich zumindest irgendwo absetzen, wo es einigermaßen sicher ist.«

»Ich fühle mich unwohl. Entriegle die Türen. Bitte.«

Er blinzelte, dann nickte er und wandte sich wieder nach vorn. Auf das Klicken der Zentralverriegelung hin stieg Yaa wortlos aus, warf die Autotür schwungvoll hinter sich zu, öffnete die Beifahrertür und ließ sich auf dem Platz neben Adric nieder.

Sie atmete tief durch. »Besser.«

Adric schüttelte den Kopf, und über sein schönes Gesicht huschte ein Lächeln, so erhebend wie ihr ganz persönlicher Sonnenaufgang.

»Ich bin glatt drauf reingefallen.« Er lachte.

Yaa kicherte. Das hatte sie seit Jahren nicht getan. »Ich konnte nicht widerstehen. Tut mir leid.« Sie zögerte und wurde wieder ernst. »Es tut mir *unendlich* leid.«

Die Ampel schaltete auf Grün, und Adric nickte, die Lippen zusammengepresst, den Blick vor sich auf die Straße geheftet. »Es ist eine Ewigkeit her, Yaayaa. Wir waren jung und unreif.«

Yaa hatte einen Kloß im Hals. Sie starrte auf ihre Hände. »Es hat sich ganz und gar nicht unreif angefühlt.«

Adric stieß einen tiefen Seufzer hervor. »Nein, hat es nicht.«

Yaa hob den Kopf und schluckte. »Mein Verhalten war egoistisch, das ist mir bewusst. Ich … Es war das erste Mal, dass ich ein Leben ohne all diese Erwartungen führen konnte. Das erste Mal, dass jemand *mich* gesehen hat. Dieses Gefühl wollte ich möglichst lange festhalten. Und dich. Ich glaube, ich hatte Angst, mich von Kofi zu lösen, weil ich nicht wusste, wer ich sein würde, wenn meine Zukunft plötzlich ungeschrieben war. Wenn man frei ist und sein Leben verpfuscht, dann trägt man nämlich ganz allein die Verantwortung dafür.«

Adric spähte zu ihr hinüber, nur ganz kurz, doch in seinem Blick lag eine Zärtlichkeit, die wie Balsam war für ihr geschundenes Herz. »Aber das ist auch das Tolle daran: Es liegt in deiner Hand. Du hast die Macht. Du hattest sie schon immer. Ich habe sie stets in dir gesehen. Schon bei unserer ersten Begegnung damals auf der Demo; und ich sehe sie in allem, was du heute tust, in deinem Kampf für den Fortschritt, in deinem

Bemühen, aus deinem Status Kapital zu schlagen, um Gutes zu tun. Ich glaube, du unterschätzt dich, und ich weiß jetzt auch, warum – weil man dir seit jeher eingeredet hat, du bräuchtest diese Leute. Das war mir früher nicht klar, aber mittlerweile habe ich es begriffen. Sie haben dir das Gefühl gegeben, dass du ohne sie wertlos bist, und das abzuschütteln ist schwer. Es tut mir leid, dass ich so hart über dich geurteilt habe. Es tut mir leid, was ich damals gesagt habe. Ich weiß, es war die echte Yaa, die mit mir zusammen war.«

Sie betrachtete sein Profil, seine Nase, die vollen Lippen. Der Anblick fühlte sich an wie ein Nach-Hause-Kommen. Dass er nach all dem Kummer, den sie ihm beschert hatte, noch in der Lage war, ihr wahres Ich zu sehen … Ohne lange darüber nachzudenken, legte sie die Hand auf die seine, die auf dem Schalthebel ruhte, und drückte sie. Sogleich raste erneut eine Hitzewelle durch ihren Körper und sammelte sich tief in ihrem Bauch. Yaa zog die Hand weg, erschrocken und beschämt über ihre Grenzüberschreitung. Erst brach sie ihm das Herz, und dann *machte sie ihn an*, während er arbeitete? Wie pervers war das denn? Sie zog flüchtig in Erwägung, die Beifahrertür aufzureißen und sich aus dem fahrenden Auto zu stürzen, doch da hob er die Hand und strich ihr, ohne den Blick von der Straße zu nehmen, mit den Fingerknöcheln behutsam, zärtlich über die Wange. Sie drehte seine Hand um und küsste sie.

Dann hielten sie auch schon vor dem Restaurant, in dem sie mit Kofi verabredet war, und Yaa blieb kurz die Luft weg, als das Klicken der Zentralverriegelung sie jäh in die Wirklichkeit zurückholte. Jegliche Wärme wich aus ihrem Körper, und in ihrem Magen machte sich ein flaues Gefühl breit. Eine Weile starrten sie beide schweigend geradeaus.

Schließlich räusperte sich Adric. »Tut mir übrigens leid, dass ich kein Geburtstagsgeschenk für dich habe. Ich hab's doch glatt vergessen. Wir hatten ja auch sechs Jahre keinen Kontakt mehr, nachdem mein Herz in tausend Stücke zersprungen ist, weil du mir einen Prinzen mit winzigen Ohren vorgezogen hast.« Sein Tonfall war neutral, doch er grinste schief, als Yaa unvermittelt loslachte. Sie lachte, bis ihr die Tränen kamen und die Wangen schmerzten. Stöhnend schüttelte sie den Kopf, rieb sich die Augen und verschmierte dabei ihr Make-up. Es war ihr herzlich egal.

»Oh, Mann. Du bist die Liebe meines Lebens.«

Adric sagte nichts. Sein Blick wanderte von dem glamourösen Restaurant, in dem geschäftiges Treiben herrschte, zurück auf die Straße. Die Atmosphäre im Wagen hatte etwas Schweres, aber Tröstliches. Die Energie zwischen ihnen war unverändert, jugendlich frisch und so lebendig und ersprießlich wie eh und je. Und Yaa erkannte in diesem Moment, dass sie nicht mehr darauf verzichten wollte.

Es war Adric, der das Schweigen brach. »Du warst meine letzte Kundin für heute«, sagte er mit rauer Stimme.

Yaa spähte zu dem Restaurant hinüber. Es musste einige Zeit vergangen sein, denn soeben betrat Kofi das Foyer. Kofi, der für all das stand, was sie davon abhielt, sie selbst zu sein. Kofi, der wie sie ein Gefangener von Druck und Erwartungen war. Es war an der Zeit, sie beide zu befreien. Yaa sah zu Adric.

»Und, wohin fahren wir jetzt?«

Adric sah sie an. Falls er überrascht war, ließ er es sich nicht anmerken. »Wohin du möchtest.«

Yaa beugte sich zu ihm hinüber und küsste ihn. Er erwiderte den Kuss. Es war ein leidenschaftlicher Kuss; die Art von Kuss, bei dem sich einem das Herz in der Brust zusammenzieht. Die Art von Kuss, in dem man sich verliert und wiederfindet. Yaa machte sich von ihm los, strich ihm mit dem Daumen über das Kinn und flüsterte: »Diesmal fahre ich.«

Er reichte ihr den Schlüsselbund.

ELKE HEIDENREICH

Komm morgen wieder, Wirklichkeit. Lissabon.

Da sitzt er, Lissabons großer, seltsamer Sohn, der verschrobene Dichter, der Sprachkünstler und Geheimniskrämer Fernando Pessoa, aus Bronze hingegossen auf einem Stuhl in der Fußgängerzone vor dem berühmten *Café a Brasileira*, in dem man chronisch unfreundlich bedient wird, viel zu viel bezahlt und in das man sich trotzdem verliebt und in das man täglich einmal einkehren muss, wenn man in Lissabon ist, um eine *bica* zu trinken, ein Tässchen Espresso, der Begriff ist ein Akronym und bedeutet *Beba Isto Com Açúcar*, heißt: »Trink dies mit Zucker.«

Das *Brasileira* ist unglaublich schön, hat eine Atmosphäre, als wäre die Zeit stehengeblieben, und nur wenige Touristen ertragen diese Unfreundlichkeit und die Preise, so ist das auch gedacht: Man will unter sich sein, ohne nordische Kurzhosen in Badeschlappen. Ich verstehe das gut, zahle, ohne zu murren, komme täglich, anständig angezogen, gebe große Trinkgelder, bleibe gelassen, auch wenn mir der Wein so hingeknallt wird, dass die Hälfte rausschwappt, auch wenn ich keinen Zucker zur bica kriege, ich klage nicht, und nach einer Woche kippt die Stimmung: Ich bin geduldet, man ist jetzt fast schon nett zu mir.

Pessoa sitzt draußen, aber vielleicht ist es ja auch gar nicht Fernando Pessoa, sondern Alberto Caeiro, Ricardo Reis, Álvaro de Campos oder Bernardo Soares – denn unter all diesen Heteronymen schrieb er, dachte sich für jeden einen eigenen Lebenslauf aus, zum Beispiel so:

»Ricardo Reis wurde 1887 in Porto geboren (ich erinnere mich nicht an Monat und Tag, aber irgendwo habe ich die Daten); er ist Arzt und gegenwärtig in Brasilien. Alberto Caeiro wurde 1889 geboren und starb 1915; er kam in Lissabon zur Welt, lebte aber fast sein ganzes Leben auf dem Land. Er hatte keinen Beruf und fast keine Bildung. Álvaro de Campos wurde in Tavira geboren, am 15. Oktober 1890 (um 1:30 Uhr nachmittags). Er hat Schiffsbauingenieur studiert in Glasgow, doch jetzt ist er hier in Lissabon ohne Tätigkeit.«

Dass ich überhaupt auf die Idee kam, nach Lissabon zu fahren, das war seinetwegen. Er hat seine Stadt wunderbar beschrieben, ohne sie eigentlich wirklich greifbar zu machen – er beschreibt immer nur sein Inneres, seine Gefühle, und auch der Blick auf Lissabon ist von so tiefer Melancholie umschattet, dass die Stadt lockt wie ein Sehnsuchtsort. Eigentlich lieben wir ihn so sehr, diesen stillen, sonderbaren, scheuen Poeten, diesen feierlichen Erforscher kleinster Dinge, diesen Humoristen, der nie lächelt, diesen portugiesischen Dichter Fernando Pessoa, Bruder von Robert Walser, Franz Kafka und Ennio Flaiano, die wir Bücherliebhaber genauso eifersüchtig als persönliches Gut hüten – eigentlich lieben wir ihn so sehr, dass wir ihn nicht teilen wollen. Wir reden über ihn nur mit Kennern, verschwörerisch.

Und man findet ihn dort überall, nicht nur vor dem *Brasileira*. Er ist auf Hauswände gesprüht und auf Briefpapiere gedruckt, und natürlich liegen seine Werke in den Buchhandlungen. Aber wird er auch gelesen?

Er ist sperrig, seine Texte erschließen sich dem Leser nicht ohne Mühe, aber wenn man sich darauf einlässt, wird daraus eine Liebe fürs Leben. *Das Buch der Unruhe* möchte ich nicht mehr missen, ich hatte es auf vielen Reisen dabei, auch weil Pessoa so vehement gegen das Reisen schreibt:

»Reisen? Existieren ist reisen genug. Ich fahre von Tag zu Tag wie von Bahnhof zu Bahnhof im Zug meines Körpers oder meines Schicksals und blicke auf Straßen und Plätze, auf Gesichter und Gesten, immer gleich und immer verschieden, wie auch

Landschaften es sind. Was ich mir vorstelle, sehe ich. Was anders tue ich, wenn ich reise?« Und: »Nur äußerste Schwäche der Einbildungskraft rechtfertigt, dass man den Ort wechselt, um zu fühlen.«

»So spricht ein Träumer, der nur Nicht-Möglichkeiten bedenkt«, sagt mein Freund, der Musiker Hansonis, der ein sanftes Lied über Lissabon, die Altstadt, die *Alfama*, die Liebe dort geschrieben hat, Pessoa-Kenner, natürlich:

Einer fährt, einer geht
Sie will nicht stehen, er will nicht gehen
Auf dem Rossio regnet es
Die Stadt ist grau
Grau und schön
Wie Du und ich
Alfama

Victor Hugo sagte: »Melancholie ist das Vergnügen, traurig zu sein.« Hansonis kennt dieses Vergnügen.

Pessoa entzückt mich immer wieder, ist ein Satz wie dieser zum Beispiel nicht umwerfend:

»Die Füße Christi berührt zu haben ist keine Entschuldigung für eine fehlerhafte Interpunktion.«

Ich kaufe mir das Buch auch auf Portugiesisch, obwohl ich diese Sprache nicht lesen kann, einfach weil es so schön ist und irgendwie »näher dran«, im Original eben.

An den Abenden gehe ich in die Oper, ins *Teatro Nacional de São Carlos.*

Christoph Dammann, mit dem ich lange und beglückend an der Kölner Oper zusammengearbeitet habe, ist jetzt hier Opernintendant und lädt mich ein. Julia Jones dirigiert Puccinis *La*

Bohème, Peter Konwitschny hat inszeniert, die damals gerade erst entdeckte, heute weltberühmte Ausrine Stundyte singt die Mimi, und wieder spüre ich, wie auf all meinen Reisen in all diesen Opernhäusern, die für mich immer dazugehören: Die Welt kann noch so komplex, verwirrend, unterschiedlich sein – wenn es dunkel wird und die Musik ertönt, ist die Stimmung überall gleich, entspannt, friedlich, die Musik verbindet, berührt, bewegt uns alle. Und Mimis Geschichte ist keine italienische, es ist eine Geschichte von Armut, Künstlertum, Eifersucht, Leiden und eine Geschichte des *Trotzdem*. Wir kennen das doch alle. Es muss weitergehen. Und wenn das erzählt wird mit Musik – für mich gibt es nichts Schöneres. All meine Reisen drehen sich letztlich darum: um das, was uns verbindet. Deswegen habe ich, wo immer ich bin, niemals ein Fremdheitsgefühl, auch dann nicht, wenn ich, wie in China, Russland, Arabien, die Sprachen nicht verstehe, nicht einmal lesen kann. Ich fühle überall mehr das Verbindende, das Gemeinsame als das Trennende. Und deshalb reise ich so gern allein. Ich brauche Begegnungen mit dem ganz anderen. Der einzige Reisegefährte, den ich immer ertrage, ist der freundliche Tom, der die Fotos zu unserer Erinnerung macht. Aber in Lissabon war ich ganz allein.

Das Schönste an Lissabon: die Kirschlikörbude auf dem *Rossio*, dem großen Platz in der Stadtmitte, eigentlich *Praça de Dom Pedro IV.*

Der herrliche Likör heißt *Ginja*, die Bude *»A Ginjinha«*, und es ist keine Bude, es ist eine kleine Bar, in der es nichts anderes gibt als diesen Kirschlikör, und das seit 1840 in der fünften Familiengeneration! Das ist eigentlich auch kein Likör – es ist Schnaps, *aguardente*, so um die 20 %, mit Schattenmorellen und ordentlich Zucker aufgesetzt, wie es meine Mutter früher mit Korn, Kandis und Schwarzen Johannisbeeren gemacht hat.

Man trinkt den *Ginja* aus kleinen Gläschen, immer ist mindestens eine Kirsche mit drin, mit Stein, und den Stein spuckt man seit Generationen aus und tritt ihn ins Kopfsteinpflaster, das dadurch ganz und gar wunderbare Muster hat. Man wird leicht bedudelt, »komm morgen wieder, Wirklichkeit!« sagt Pessoa.

Im Internet kann man heute alles bestellen, auch diesen Kirschenschnaps, der gegen jede Krankheit von Leib und Seele helfen soll. Es ist nicht dasselbe. Man muss ihn in Lissabon trinken, vor der Bar, mit allen andern. Von Lissaboner Kneipengängern stammt angeblich der Satz: »Strömender Regen, wachsende Traurigkeit, da hilft nur Branntwein, um die Wunden zu waschen.« Aber vielleicht hat der portugiesische Mathematiker und Dichter José Cardoso Pires das auch nur für sein schönes Lissaboner Logbuch erfunden.

Und wenn man dann ein bisschen betrunken ist von der weichen Luft, dem süßen Schnaps, der Schönheit dieser Stadt, vom Duft des Meeres und der vermeintlichen Leichtigkeit des Lebens, dann fällt einem, dann fällt mir wieder ein Satz von Pessoa ein:

»Ich betrachte das Leben als eine Herberge, in der ich verweilen muss, bis die Postkutsche des Abgrunds eintrifft.«

Ich möchte heute an diesem Tag *muss* durch *darf* ersetzen.

VICKY BAUM
Schloßtheater

Gräfin Maria Christine beugte sich leicht über die Brüstung der Loge, indes ihr lauschendes Gesicht weich wurde und weniger hochmütig.

Über einem schwebenden Pizzikato der Violine stieg die Flöte empor, verweilte kokettierend auf einem Triller, glitt mit einem graziösen Schnörkel in eine Kantilene; und Demoiselle Fausta stand schon vorne, dicht an den Kerzen der Rampe, bereit zur großen Arie.

»Elle est superbe, cette petite là«, sagte der alte schwerhörige Baron Hatzfeldt ganz laut. Gräfin Maria Christine wandte sich mit einem leeren Lächeln nach ihrem Gatten zurück. Aber der hatte sich gut in der Gewalt und sah liebenswürdig und zerstreut ins Parkett.

Demoiselle Fausta sang; die leichten Falten ihres Schäferkleides bebten; Bänder umflatterten sie. Sie breitete die Arme auseinander und sang:

»Wo weilt Lysander, wo?«

Die hohen weißen Coiffüren im Parkett neigten sich hin und wider wie Blumen eines Beetes; Fächer klapperten auf und zu, Seidengeknister und verstecktes Gelächter kam von den rotsamtenen Logen. Da und dort fing sich ein Licht im Griffe eines Degens und wurde spielerisch zurückgeworfen.

Demoiselle Fausta endete; und während ein leichter Applaus niedertröpfelte, während sie nach dem Hintergrund der Bühne eilte, und wieder vor kam, um zu danken, und wieder verschwand, während Lysander auftrat und Amaryllis in die Arme schloss, wurde der schmale Mund der Gräfin Maria Christine wieder kühl und hochmütig, und sie lehnte sich in die Loge zurück, um mit dem alten Hatzfeldt ein Gespräch zu beginnen.

»Kommst du mit der Abendröte,
Süße Freundin, süße Freundin
Amaryllis?«

sang Lysander; er hielt die hingegebene Fausta auf eine stürmische und bewegte Weise an sich gepreßt; seine braunen Augen waren voll von der unbefangenen Zärtlichkeit eines Tieres.

Immer wenn Baldassare Scotti sang, plauderte Gräfin Maria Christine; aber ihr Herz klopfte, und ein kleines schwarzes Pflaster an ihrem Halse zuckte unruhig über dem pochenden Blau der Adern …

Sie ging am Arm ihres Gatten von einem Tisch zum andern, gab allen Gästen die Glätte ihres Lächelns und die schmale, gelbliche Hand. Ah, sie war charmant, sie wußte Feste zu geben, Haus zu führen. Sie plauderte, sie lächelte, sie warf den Kopf einmal zurück, wie Demoiselle Fausta zu tun pflegte; sie war fast geistreich, sie entzückte. Gräfin Maria Christine war schön.

Einmal glitt sie durch die Portiere hinaus in die Stille der breiten Treppe. Wenige Lichter spiegelten sich in den Stufen, Lärm und Gelächter kam nur dumpf und verworren hierher. Sie stand still und legte die Hände an die heißen Schläfen.

»Sie sind fatigiert, Liebe?«

Gräfin Maria Christine nahm wieder den Arm des Grafen und ließ sich die Treppe hinabführen.

»Ich denke, Sie sollten unseren Komödianten ein paar Worte sagen?«

»Gewiß«, sagte die Gräfin.

Für die gräfliche Truppe war im Erdgeschoß im roten Zimmer gedeckt. Gräfin Maria Christine ging an der Tafel entlang, wie in einen Schleier gehüllt; sie hielt ein leeres Lächeln vor ich hin, wie zur Abwehr.

»Ich danke der Demoiselle, es war sehr schön; die Arie besonders …«

Demoiselle Fausta küßte der Gräfin die Hand.

›So heiße Lippen …‹ dachte die Gräfin flüchtig; und sie sah an dem müden und schmalen Gesicht des Grafen mit einer halben Frage vorbei.

»Und Scotti? Er hat ein Lächeln verdient, ma chérie!«

Manchmal war der Graf galant.

»Besten Dank, Scotti; seine Stimme wächst noch immer, scheint mir …«

An der Türe atmete die Gräfin auf.

»Was für schlechte Luft bei diesen Leuten ist …!«

Im Garten hingen Ketten von farbigen Lampions an Taxushecken und gezirkelten Laubwänden; am Teichufer entlang waren Fackeln in den Boden gerammt und warfen Schlangen von Feuer über die wellige Wasserfläche. Bewimpelte Boote schleiften Blumengirlanden hinter sich her und glitten ins Dunkel.

Der junge Neuperger führte die Gräfin; er machte die Cour, indes sie still und blaß und gerade dasaß, die Hände im Schoß gefaltet. Von irgendwo kam das Klimpern einer Gitarre durch die Luft …

»Sie lächeln gar nicht mehr, Gräfin? Sie sind so schön, wenn Sie lächeln …«

Gräfin Maria Christine lächelte.

›Was ist mir?‹ dachte sie; ›was? Ich könnte weinen. Eine Gitarre klimpert, und ich könnte weinen. Ein Komödiant singt, und mein Herz klopft. Ein Schleier, ein Dunst wie von Wein liegt über allen Dingen. Ich werfe den Kopf zurück und lache wie die Fausta.‹

Gräfin Maria Christine erschrak.

›Ich lache wie die Maitresse meines Mannes …‹ dachte sie.

»Wie schön Ihre Hände sind –« flüsterte der junge Neuperger; er beugte seinen Kopf tief über die gelblichen Finger; »auch grausam, gnädige Gräfin – grausam wie Ihre Augen?«

Die Gräfin saß blaß und gerade. »Ich wüßte nicht, inwiefern, Baron!« sagte sie steif.

Seine Stimme kam über das Wasser; ein Boot glitt vorbei, mit Lachen, mit Trillern und Geklimper.

»Unser Kapellmeister hat uns eine Wassermusik geschrieben!« sagte die Gräfin, und nickte dem alten Herrn Sebastian Nagiler zu, der mit dem Taktstock in der Hand inmitten des Bootes saß. »Er kann anfangen, lieber Kapellmeister!«

Aus dem Gewirr der stimmenden Instrumente erhob sich eine Melodie, ein wiegendes Auf und Ab im Rhythmus einer Siciliana. Die Fausta stand an den Mast des violetten Wimpels gelehnt und warf die Blätter einer Rose nachdenklich ins Wasser, indes sie sang.

»Schön …« sagte Maria Christine; der junge Neuperger trieb ihr Boot ins Dunkel. Sie glitten an den weißen Schwänen vorüber – die Musik wurde ferner und ferner – der kleinen Grotte zu.

Auf den Stufen, die ins Wasser führten, lag Scotti, den Kopf gegen den Himmel gewandt, der still und ohne Sterne war.

»Kommst du mit der Abendröte,
Süße Freundin, süße Freundin Amaryllis?« sang sie leise.

»Wir wollen umkehren, Baron!« verlangte die Gräfin; und nach einer Weile ließ sie ihre Hände zu beiden Seiten des Bootes ins Wasser gleiten, zwischen den Tang und die schwärmerischen Gesichter der Teichrosen.

»Wie das kühlt …«

»Ich hatte nicht das Glück, irgendein *échauffement* an Ihnen zu bemerken, gnädige Gräfin!« sagte der junge Neuperger erbittert.

Zu seiten des Toilettentisches brannten schwere Wachskerzen, von der trüben Farbe vergilbter Spitzen. Gräfin Maria Christine hielt ihr Peignoir über der Brust zusammen, indes Leni die blonden Haare kämmte.

»Gnaden Gräfin sind müde?«

»Nein – müde? O nein.« Und nach einer Weile: »Eher unruhig …«

»Gnaden Gräfin waren mit dem Theater zufrieden?« Leni legte die weißen Locken der Coiffüre sorgfältig in einen Karton.

»Gewiß, es war hübsch. Warst du auf der Galerie?« Gräfin Maria Christine ließ sich die Strümpfe ausziehen. »Demoiselle Fausta scheint ihren guten Tag gehabt zu haben.«

»Haben Gnaden Gräfin den Halsschmuck bemerkt? Er ist neu; er ist aus Paris.«

»Macht er der Demoiselle Freude?« Die Gräfin spielt mit einer Perlenkette und lächelt hochmütig. Ein Schmuck – kindisch – denkt sie.

»Die Fausta trägt keine Coiffüre, sondern ihr eigenes Haar; haben Gnaden Gräfin bemerkt? Monsieur Stefan, der Friseur, sagt, sie färbt es mit einem Wasser aus Venedig.«

»Ach Gott, Getratsch!« sagt die Gräfin, und geht mit bloßen Füßen im Zimmer auf und ab. »Sie ist schön; ich kann den Grafen so gut begreifen …«

Plötzlich bleibt sie stehen: »Sie lebt. Weißt du, Leni, sie lebt. Sie leuchtet förmlich; sie ist wie ein Feuer …«

»Gute Nacht, Leni!« sagt sie nach einer Weile; »geh jetzt; der Graf wird mir noch guten Abend sagen wollen.«

Gräfin Maria Christine steht am Fenster und wartet, bis es ganz still im Schloß ist; kein Schritt tappt mehr über die Gänge, auf der Freitreppe liegt breit und weiß das Mondlicht; drüben im Stall stampft manchmal ein Pferd, rasselt eine Kette. Im Wirtschaftsgebäude, im Trakt der. Schloßbeamten blinzeln ein paar Lichter. Dort wohnen die Komödianten, Demoiselle Fausta, Maestro Nagiler; auch Baldassare Scotti mit den braunen zärtlichen Augen.

Der Graf kommt nicht mehr.

Gräfin Maria Christine schließt das Fenster und geht zum Spiegel. Sie streift das Peignoir ab, daß die Kerzenlichter sich in der Glätte ihrer Haut spiegeln. Sie verschränkt die Arme hinter dem Kopf, neigt sich zurück, lächelt. Ihre Augen sind geschlossen, ihre Lippen werden seltsam und durstig.

So lächelt Demoiselle Fausta, wenn sie die Venus gibt …

Maestro Sebastian Nagiler saß neben dem Cembalo und gab mit einer Notenrolle Takt. Die Finger der Gräfin liefen zierlich auf und ab, von durchsichtiger Helle auf dem Schwarz der unteren Tasten und ebenso leicht vergilbt und schmal wie die oberen. Es gab eine klare, einfache Melodie über den gleichmäßigen Triolen des Basses; der Schluß war wie eine zopfige Reverenz.

»Ach«, sagte die Gräfin, und ließ die Hände sinken, »das ennuyiert mich; ist das nun Musik, wirklich und wahrhaftig?«

»Und was wäre denn Musik, Gnaden Gräfin?«

»Ach, ich weiß es nicht …«

Nagiler sah auf den gesenkten Kopf herab, auf die dünnen, geraden Nasenflügel, die hochmütige Schwingung der schmalen Lippen.

»Seit wann suchen Gnaden Gräfin Sturm und Unruhe in der Musik? Das ist nicht das Rechte für Sie!«

»Weiß Er das Rechte für mich, Maestro? Er kennt mich von klein auf. Ist wirklich nur dies für mich: *diese* Melodie und *diese* Begleitung …?«

»Wir könnten wohl einmal etwas von Haydn zu spielen versuchen; das sind neue und kühne Dinge; ich meine fast, zu bizarr –«

Gräfin Maria Christine schüttelte den Kopf; »ich habe nicht an Musik gedacht«, sagte sie.

Sie trat ans Fenster und schwieg eine Weile. »Und wie leben *Seine* Leute? fragte sie plötzlich; »wie leben sie, Seine Musiker und Sänger und Komödianten? Mir scheint es manchmal, als wären sie reicher, glänzender, üppiger als unsereiner. Wie sind diese Leute? Wie leben sie?«

»Es sind Götter am Abend; bei Tag nicht viel mehr als Domestiken, Gräfin.«

»Ist das eine ehrliche und gerade Antwort, Nagiler? Mich dünkt, es ist eine Antwort für eine Gräfin hergerichtet und zugestutzt. Ich bin doch nicht mehr die kleine Komtesse, die nichts erfahren darf!«

Maestro Nagiler schaute der Gräfin in die Augen; ›das ist ein Ausbruch‹ – dachte er; ›so war sie nie …‹

»Kleine Komtesse«, sagte er mit behutsamer Zärtlichkeit; »kleine Komtesse –, wie soll ich Ihnen das Leben von Künstlern erklären? Die sind reich, eitel, kindisch. Die sind gut und ganz unbedenklich. Die haben sehr fiel Leidenschaften und gar keinen Stolz. Und die können das Leben einer Gräfin absolut nicht begreifen …«

»Manchmal möchte ich mit dieser Fausta tauschen – wirklich, Nagiler! Das möchte ich manches Mal. Wie das sein mag: unbedenklich sein, voll von Leidenschaften und ganz ohne Stolz?«

Gräfin Maria Christine schwieg und nagte an ihren Lippen.

»Arme kleine Komtesse …« sagte Nagiler vorsichtig.

Gräfin Maria Christine hob die Brauen; ihr Mund wurde schmal und hochmütig: »Ah, Kapellmeister, was denkt Er denn? Ce ne sont pas des affaires! Spielen wir!«

Und Gräfin Maria Christine begann wieder jene kleine, einfache Melodie über den gleichmäßigen Triolen des Basses …

Eines Abends öffnete der alte Nagiler die Türe zur Garderobe der Fausta, die geschminkt und blitzend im Gewand der Eurydice auf der Coucheuse lag, und ließ die Gräfin eintreten.

»Gnaden Gräfin will einmal ein wenig hinter die Kulissen schauen«, sagte er unsicher.

»Ah, c'est joli!« sagte Gräfin Maria Christine und sog den Geruch von Schminke, Parfüm und Leim ein, der die Luft beschwerte; »c'est joli; ist Sie aufgeregt, meine Liebe, bevor Sie singt? Nein? Interessant! Ich freue mich, Sie zu hören ...«

Sie streifte mit der Hand leicht über die Kostüme, die an der Wand hingen; das gab einen leisen kleinen Schauer ...

Demoiselle Fausta knickste noch immer verwundert, als die Gräfin schon wieder in der Türe war; plötzlich stürzte Baldassare Scotti herein, ungeschminkt, halb angezogen, mit einem Schwall italienischer Worte. »Ah, quel monde, quel monde!« sagte die Gräfin ärgerlich, als sie die Türe schloß.

»Oh, was für eine Frau!« schrie die Fausta aufgeregt dem Scotti entgegen. »Was für eine Frau! Wie kalt, wie hochmütig, wie langweilig! Scotti was will sie hier, was erlaubt sie sich? Ist hier eine Menagerie? Sind wir Tiere? Was hat sie hier zu suchen? Scotti, so rede ein Wort!« Und Demoiselle Fausta schüttelte den sprachlosen Orfeo am Arm.

»Diese Frau? Was will sie? Was denkt sie?« Er kopierte den kindlichen venezianischen Dialekt der Fausta; er wurde nachdenklich. »Wahrhaftig, was denkt sie? Sie wird frisiert, sie reitet aus, sie jagt; sie spielt mit dem Maestro Cembalo; sie sitzt im Theater und hört nicht zu; sie läßt sich vom Grafen betrügen. Sie hat *keinen* Liebhaber« – Scotti erhob den Finger – »bitte, *keinen* Liebhaber. Was ist das für eine Frau? Hat sie kein Blut?«

»Was geht es dich an?« Demoiselle Fausta griff mit beiden Händen in Scottis noch ungepudertes Haar und zog ihn zu sich nieder: »Laß sie in Ruhe diese Kalte!«

Eurydice küßte Orfeo; und nach einer Weile sagte sie leichthin: »Das ist eine von jenen Blassen, die nachts in die Kissen beißen und sich die Nägel in die Brust graben; diese Gräfin, diese Heilige!«

Aber Orfeo blieb zerstreut.

Gräfin Maria Christine konnte nicht schlafen; die Falten des Bettvorhanges schienen schwer und beengt. Alte Gedanken kamen wieder und wieder, Träume, Wünsche aus den schwülen Nächten dieses Sommers. Es war solch eine singende Unruhe in ihrem Blut …

Sie stand auf, glitt mit bloßen Füßen über den Boden, auf dem das Mondlicht in hellen Streifen lag. Der Spiegel warf ihr Bild als ein weißes, huschendes Etwas zurück; lächelnd knotete sie ihr Haar unter dem Kinn ineinander, schlüpfte in ihren Morgenrock. Vorsichtig öffnete sie die schwere Türe, die auf die breite Treppe hinausführte; die steinernen Stufen legten sich kühl an die heiße, bloße Haut ihrer Füße.

Ein Abenteuer … dachte sie.

Im Hof war alles finster; vom Rosenrondeau her kam ein schwerer flutender Duft; der Kies knirschte und prickelte unter den Füßen.

Leise …

In dem goldenen Reifen der Sonnenuhr blitzte das Mondlicht auf, ein steinerer Faun hob eine Nymphe hoch hinaus in die Weiße; die Alleen standen reglos.

Maria Christine blieb mit geöffnetem Haar vor der Orangerie stehen; sie lachte verstohlen und wie ein Kind.

Da! Ein Schatten löste sich aus dem Schwarz der Kastanien, kam über den runden weißen Platz. Der Graf? Ein Domestik?

»Scotti …«

Gräfin Maria Christine hatte gerufen. Sie wußte es nicht. Sie hielt ihm die Hände entgegen wie im Traum. Es war, als stünde sie im Licht auf der Bühne und er käme stürmisch auf sie zu … »Kommst du mit der Abendröte, Süße Freundin, süße Freundin, Amaryllis?«

Sie fühlte sich durch das Mondlicht gehen: freier, reicher, schöner in jeder Bewegung. Schauten Hunderte auf sie?

In der Mitte des weißen Rondeaus stand Scotti. »Bellissima«, flüsterte er, »bellissima …«

›Wie auf der Bühne -‹ dachte Gräfin Maria Christine; sie warf mit geschlossenen Augen den Kopf zurück und lächelte; ihre Lippen waren seltsam und durstig …

Gräfin Maria Christine ließ sich von Baldassare Scotti küssen.

»Oh, du …« sagte sie, als er sie in seinen Armen die Treppe empor trug …

Monsieur Stefan, der Friseur, trat mit einer Verbeugung zurück; die Coiffüre war beendet.

»Es ist gut«, sagte Maria Christine, und sah ihrem Spiegelbild hochmütig in die Augen, »Nagiler kann eintreten!«

Maestro Sebastian Nagiler kam mit einer feinen Reverenz an den Toilettentisch. »Und was haben wir hier, Gnaden Gräfin?« fragte er, und schlug erfreut auf eine Rolle Noten in seiner rechten Hand. »Neue Sonaten von Haydn haben wir hier, damit Gnaden Gräfin nicht zu klagen haben über zu viel Ruhe in der Musik.«

»Ach so!« sagte die Gräfin flüchtig. »Es ist gut. Übrigens – Er mag vielleicht recht haben – Seine alte Musik ist möglicherweise doch das Richtige für mich. Aber von etwas ganz anderem: Was ist es mit diesem Scotti, Kapellmeister?«

»Scotti? Wieso, Gnaden Gräfin?«

»Nun, er mißfällt mir; ich bin sehr malcontente mit ihm. Hat seine Stimme in letzter Zeit nicht gelitten?«

»Er ist ein wenig zerstreut seit einigen Wochen; aber seine Stimme ist schöner als je!«

»Assez!« sagt die Gräfin. »Ich mag ihn nicht mehr hören. Er scheint mir zu roh – zu vulgär –«

»Er hat Leidenschaft, Affektion –«

»Gewiß!« sagt die Gräfin kurz. Und nach einer kleinen Pause. »Enfin – man soll ihn entlassen!«

›Kleine Komtesse‹ denkt Nagiler. »Wie gnädige Gräfin wünschen!« sagt er knapp. »Darf Scotti noch eine Abschiedsvisite machen?«

»Ja. – Er kann sofort kommen.«

›Ah – quel monde!‹

Ihre Lippen sind schmal und hochmütig, als Scotti mit Nagiler eintritt.

»Lieber Scotti, ich danke Ihm für Seine Dienste; der Maestro wird Ihm gesagt haben, um was es sich handelt …?«

Scotti verbeugt sich; er ist völlig erblaßt, er spricht kein Wort. Er beißt die Zähne zusammen, daß sie knirschen.

Die Stimme der Gräfin ist kühl und gleichmäßig.

»Ich danke Ihm. Hier ist ein kleines Ehrenhonorar« – Scotti nimmt bewußtlos die Börse entgegen – »vielleicht höre ich Ihn wieder einmal da oder dort. Nagiler kann Ihn zum Beispiel zur Hatzfeldtschen Truppe empfehlen …«

Scotti wartet noch; sie hält ihm ihre kühle gelbliche Hand zum Kusse hin.

›O du …‹ denkt Gräfin Maria Christine, wie sie den Druck seiner Lippen spürt. Dann geht Baldassare Scotti. Das Letzte, was er sieht, ist der schmale hochmütige Mund der Gräfin.

»Jetzt wird es still auf dem Schloß werden, Leni«, sagt sie; »der Graf will die Fausta entlassen, weil er entdeckte, daß sie ihn mit diesem Menschen da betrogen hat. Ja, sie hatte seit langem ein Verhältnis mit ihm. Kannst du diese

Welt begreifen? – Ich nicht, Leni, ich nicht. Ja, jetzt wird es still …«

Gräfin Maria Christine lächelt.

»Geh jetzt, Leni!« –

Gräfin Maria Christine wirft sich auf den Boden und weint …

KATHLEEN COLLINS

Wie sagt man

Als sie in die Sommerferien aufbrach, war ihr Haar so kurz, dass ihr Vater sich nicht von ihr verabschiedete. Er ertrug ihren Anblick nicht. Es war so kurz, dass Glätten zwecklos war, also lag es kraus um ihren Kopf und ließ sie, wie ihr Vater es ausdrückte, »wie alle farbigen Mädchen« aussehen.

Sie fuhr nach Maine, in die Summer School, um sechs Wochen lang nur Französisch zu sprechen. Den ganzen Weg von New Jersey. Weinend. Entmutigt durch die strengen Blicke ihres Vaters. Die grauen Augen voller Abscheu darüber, dass seine Tochter so farbig aussah, dass sie sich dessen entledigt hatte, was sie von den anderen unterschied, dass sie mit dieser Frisur nach Maine fuhr, obwohl sie dort bestimmt die Einzige oder fast die Einzige sein würde, und warum musste sie, wenn sie schon die Einzige oder fast die Einzige war, so farbig aussehen, aussehen wie »alle farbigen Mädchen«?

Als sie ins Anmeldebüro ging, verbarg sie ihre Haare unter einem Tuch und sah niemanden an (was ihrem Vater noch peinlicher gewesen wäre, denn er hatte sie immer ermahnt, sich aufrecht zu halten, nicht ängstlich zu sein, sondern den Leuten direkt in die Augen zu sehen). Aber ohne ihre Haare fühlte sie sich unsicher und hässlich. Und natürlich sehr farbig.

Aber seine Augenbrauen fielen ihr trotzdem auf, und immer wenn sie an diese erste Begegnung zurückdachte, sah sie ihr braunes Gesicht mit dem grünweißen Tuch und seine dicken, buschigen Brauen, die sie anlachten. Die dicksten, die buschigsten Brauen überhaupt!! Und darunter die Augen mit kühlem, festem Blick. Sie gaben sich die Hand … *»Professeur …« »Mademoiselle …«*

Sie ging zurück in ihr Zimmer, wusch und kämmte sich die Haare und ließ das Tuch weg. Dann zog sie sich an und ging zum Essen.

Er machte gerade den Salat an. *Professeur* … mit den buschigen Brauen. »*Bonsoir, mademoiselle.*« Die Stimme nicht heiter, aber erfreut, dazu der klare, feste Blick und ein grimmiges Lächeln, fast so, als hätte ihm die Schwere seiner Brauen einen finsteren Zug ins Gesicht gemeißelt, was ihm etwas Ernstes, aber auch etwas Albernes verlieh. »*Et vous, mademoiselle … d'où venez-vous?*«

Nach dem Essen stand er auf dem Rasen … *entre les professeurs* … und sah sie vorbeigehen. Er beobachtete sie. Sie wusste, dass sie beobachtet wurde. Es war, als wären sie durch einen Draht verbunden.

Dienstags und donnerstags besuchte sie um elf seinen Kurs in *civilisation française*. Montags und mittwochs überschnitt sich ihr Weg zu ihrem Neun-Uhr-Seminar mit seiner Ankunft auf dem Campus. Er fuhr vorbei, während sie über den Rasen ging … beide achteten darauf, pünktlich zu dieser Begegnung zu erscheinen. Wobei sie nie lächelten oder grüßten. Sie sahen sich nur an. Zeigten einander, dass sie es eingerichtet hatten, pünktlich zu sein.

Dann trafen sie sich eines Abends zufällig in der einzigen Bar im Ort. »*Bonjour, mademoiselle … que vous êtes élégante ce soir … Je peux vous offrir à boire?*« Er lud sie auf ein Getränk ein. Er redete. Ihr Französisch entglitt ihr; sie spürte, wie die Wörter auf ihrer Zunge austrockneten und verkümmerten. Er redete. »*Vous savez que vous avez de très jolis yeux?*« Sie versuchte, Wort für Wort zu übersetzen … Sie wissen, dass Sie haben sehr schöne Augen? … zu wörtlich … Sie haben schöne Augen, wissen Sie das? Er redete. Sie sah, wie seine buschigen Brauen sich berührten und lächelten, und darüber musste sie lachen. »*Après cet été je compte aller vivre à Paris!«*, sprudelte es aus ihr hervor. Die Wörter kamen einzeln. Nach … dem … Sommer … beabsichtige (hoffe? gedenke?) … ich … in … Paris … zu … leben!! Sie redete weiter … *»Il me plaît beaucoup de passer l'été ici.«* Es … gefällt … mir … sehr … den … Sommer … hier … zu … verbringen … Sie war sehr zufrieden mit sich. Er war sehr zufrieden mit ihr. Beide waren sehr zufrieden miteinander.

Sie machten einen Ausflug mit dem Wagen. Er redete. *»Vous connaissez le Maine, mademoiselle? C'est un très joli pays. Cela fait quarante-cinq ans que j'habite ici … Vous n'étiez même pas née quand je suis arrivé ici comme professeur …«* Sie hörte zu, nahm sich die Sätze einzeln vor und übersetzte jeden Wort für Wort. Kennen Sie das Maine (darüber musste sie lachen), Miss? Das ist ein sehr schönes Land. Es sind fünfundvierzig Jahre, die ich jetzt hier bin. Sie waren nicht einmal geboren, als ich kam hierher als Professor … (Na, so was, dann ist er mindestens fünfundsechzig … na, so was! …) Sie wollte ihm sagen, dass er schöne Augenbrauen hatte. *»Comment dit-on ›Augenbrauen‹ en français?«* Sie wollte ihm sagen, wie dick und buschig und wundervoll sie waren! *»Comment dit-on ›buschig‹ en français?«* Unfassbar, er hatte schon hier gelebt, als sie noch gar nicht auf der Welt war. Und dann sprudelt es aus ihr hervor: *»Qu'ils sont extraordinaires, vos sourcils! Je les adore!«* Beide müssen darüber lachen, in dem dunklen, leisen Wagen auf der Fahrt zum Meer … *Comment dit-on* … wie sagt man. Sie konnte albern sein, wenn ihr danach war, und er ließ sie. Seine Brauen zogen sich dick und pelzig zusammen, sein fester, klarer Blick verweilte auf ihr, und er lächelte sein grimmiges Lächeln. *Comment dit-on* … wie sagt man … Sie haben ein grimmiges Lächeln, *monsieur le professeur*, und ich habe mich in Ihr grimmiges Lächeln verliebt … es geht mir durch und durch, wie eine Stoßwelle. Eigentlich sollten wir in diesem dunklen, leisen Wagen auf der Fahrt zum Meer leise sein und schweigen, wir befinden uns in einer unvorstellbaren, skandalösen Situation … wir sollten leise sein … und schweigen … denn all das ist unvorstellbar skandalös. Er redet … *»Le malheur dans cette région, c'est que les hivers sont trop longs et l'océan trop froid …«* Das ist das Unglück … (zu wörtlich) … Das ist das Traurige an dieser Gegend, die Winter sind zu lang und das Meer ist zu kalt … Sie kichert. *»Comme c'est vrai, monsieur«*, sprudelt es aus ihr hervor. *»Vous ditesla vérité, monsieur.«* Sie kichert wieder … Wie wahr, Mister … Sie sagen die Wahrheit!! Sie sind allein am Strand. Er kniet vor ihr. Ihre Fingernägel bohren sich in seine Haut. Er lächelt, als er ihr die Abdrücke zeigt. Das ist ihr erstes Geheimnis. *»Vous aimez vous baigner, ma petite?«* … *»Oui, monsieur, oui, oui, oui … j'aime bien me baigner!«* … ja, ja, ich mag es, mich zu baden … (zu wörtlich) … ich bade mich gerne … (zu wörtlich) … ich … baden Sie sich gerne, mein Kleiner?

Das ist zu skandalös, zu unvorstellbar, mein Kleiner. Und sie wird die ganze Zeit lachen und ihr kurzes, ihr unvorstellbar kurzes, skandalöses Haar schütteln und sich dem großen herrlichen Erwachen hingeben, das er ihr schenkt … *»Comment dit-on* … wie sagt man … danke …«

*

MARIANA LEKY

Lebensversicherung

Lars hat jetzt eine andere, was heißt, dass nichts jemals wieder gut wird. Er habe nicht damit gerechnet, sagt er am Telefon; so schnell eine andere, nach achteinhalb Jahren mit mir. Er wolle es mir sagen, damit ich nicht erschrecke, wenn ich ihn treffe mit der anderen im Arm. Lars sagt: »Du sollst wissen, ich gehe jetzt woandershin.« Ich sage: »Ja«, und ich sage, dass ich jetzt ebenfalls gehen müsse, sofort, weil's gleich zumacht.

»Beeilung«, sagt die Kassiererin, »Feierabend.« Ich kaufe Tütenbrot und tiefgefrorenes Chop Suey. Vor der Tiefkühltruhe stehen zwei alte Damen, die eine hat ein gefrorenes Huhn im Arm. »Ich habe sie heute Morgen besucht«, sagt die eine Dame, »jetzt geht es plötzlich ganz schnell«, und legt das Huhn in den Einkaufswagen. Die Zweite sagt: »Es muss furchtbar sein, besonders für den Ehemann.« Ich gehe hinter den Damen her zur Kasse. Während die Damen zahlen, probe ich in der Schaufensterscheibe das Lächeln, das ich ihm schenken werde, wenn ich ihn treffe mit der anderen im Arm. Dann zahle ich. Dann wird zugemacht.

Ich reiße die Chop-Suey-Packung auf und schütte den Inhalt in eine Pfanne. Lars hat mir eine CD geschenkt, vor zwei Monaten, auf der einer singt, dass er zweitausend Stunden lang getrunken, geraucht und gebetet, flussauf- und flussabwärts nach einer gesucht habe und dass es jetzt aber endlich vorbei sei. Ich drücke auf die Repeat-Taste und klopfe mit dem Kochlöffel auf einen vereisten Klumpen aus Glasnudeln und Hühnerfleisch. Ich drücke auf die Repeat-Taste, und jetzt bin ich dran mit zweitausend Stunden lang trinken, rauchen, beten und suchen, flussauf- und -abwärts.

Lars hat jetzt eine andere, was heißt, dass nichts jemals wieder gut wird, sage ich meinem Freund am Telefon. Daraufhin fährt mich der Freund an einen See, auf dem Schwäne schwimmen mit ihren grauen Kindern. »Aber es ging doch nicht mehr mit euch«, sagt der Freund. »Es ging nicht mehr«, sage ich, »aber jetzt geht nicht nur das nicht mehr, sondern überhaupt nichts.«

Der Freund hat Wein mitgebracht und versucht, mit einem Messer den Korken in die Flasche zu drücken. Das ist anstrengend, der Korken sitzt fest, und das Gesicht des Freundes wird rot und bekümmert. Ich sage, dass ich nicht mehr schlafen kann. Wenn ich auf dem Bauch liege, drückt es vorne, und wenn ich auf dem Rücken liege, drückt es hinten. »Was drückt«, fragt der Freund. »Dass er immer da gewesen ist«, sage ich, »und jetzt ist er nicht mehr da.«

»Es war dir langweilig mit ihm, ihr hattet euch nichts mehr zu sagen, das hast du gesagt, und zwar mehrfach«, sagt der Freund. Ich sage, dass alles, was langweilig war, im Grunde gar nicht langweilig war, und immer, wenn es nichts zu sagen gab, sei das im Grunde ein beredtes Schweigen gewesen. »Ein beredtes Schweigen«, sagt der Freund.

Der Korken rutscht in die Flasche, und der Wein schwappt über. Der Freund guckt auf seine Schuhe, die Schuhspitzen sind voller roter Tropfen. »Bitte schlaf bei mir«, sage ich, »ich neige zur Schlafwandelei.«

Wir kaufen mehr Wein und Pizza. Vor der Tiefkühltruhe stehen die beiden Damen, und die eine Dame sagt: »Es geht rapid zu Ende mit ihr.« Die, die das vereiste Huhn im Arm hatte, seufzt und guckt in die Tiefkühltruhe. Der Freund fragt, ob wir Hawaii nehmen sollen oder lieber Salami. Ich zucke die Schultern. Der Freund umarmt mich, das ist nicht leicht, denn er hat eine gefrorene Salamipizza in der einen und eine gefrorene Hawaiipizza in der anderen Hand.

Ich zeige dem Freund alles, was von Lars ist, wir gehen durch meine Wohnung wie durch einen Streichelzoo. Ich zeige auf den Toaster, das Bild von Edward Hopper, die englischen Romane, die ich zum Geburtstag bekommen habe, einen Sessel, ich weise insbesondere hin auf den achteinhalbjährigen Ficus und halte einzelne Socken hoch. »Was machen wir jetzt«, fragt der Freund. »Ich weiß nicht«, sage ich, »Fernsehen vielleicht«, und dann kommen mir die Tränen bei der Werbung für die Miracoli-Familie.

Der Freund hat gerade eine Verhaltenstherapie gemacht, wegen Prüfungsangst. Er sagt: »Wir schreiben eine Liste.« Ich soll eine Liste machen mit all den Dingen, die untragbar waren. Mir fällt nichts Untragbares ein, und deshalb übernimmt der Freund die Liste. Er schreibt: »Untragbar war sein lächerlicher Zorn auf Fruchtfliegen über dem Biomüll. Untragbar war seine Mutter. Untragbar war seine Angewohnheit, sich die Füße zu waschen, bevor er mit dir ins Bett ging.«

»Das habe ich erzählt«, frage ich.

»Ja, und zwar mehrfach«, sagt der Freund. Er schreibt: »Untragbar war sein Nachname. Untragbar war seine Nörgelei über die grundsätzliche Schlechtigkeit der Welt.«

Das alles schreibt der Freund, und dann sieht er mich an und prüft, ob es schon wirkt. Ich denke, dass Lars' Mutter durchaus ihr Gutes hat und ein spröder Nachname ebenfalls. Ich denke, dass Fruchtfliegen eine Zumutung sind und die Welt und Fußgeruch auch. Das alles sage ich dem Freund nicht und mache ihm ein Klappbett.

Und dann wird es schlimm, es drückt hinten und vorne, und ich rufe Lars an, ein letztes Mal, und hoffe, dass er nicht da ist, und dann ist er nicht da.

Der Freund sagt, er bleibe erst mal. Er schläft auf dem Klappbett im Wohnzimmer, und ich schleiche um ihn herum.

Während er schläft, stelle ich mich auf die Zehenspitzen und hole aus dem Regal hinter dem Klappbett Gedichte, in denen von schreienden Herzen die Rede ist, von Herzen, die am Dorngestrüpp aufgehängt werden, und von Herzen in Händen. Weil nichts wieder gut wird und ich dagegen weder schlafen noch sonst etwas tun kann, setze ich mich vor das Klappbett und das Regal und lese mir die Titel der Bücher rückwärts vor, leise, damit der Freund nicht aufwacht.

Als es ganz schlimm ist, bringt mich der Freund zu seiner Psychiaterin. Ganz schlimm ist es, als ich in der elften Nacht zusammengerollt vor dem Klappbett finde, dass Lars das Leben mitgenommen hat und es rapid zu Ende gehen muss mit mir. Ich nehme einen Schuhkarton, gehe in die Küche, ziehe die Besteckschublade auf und schütte sämtliche Messer in den Karton. Davon wird der Freund wach. Er steht in der Tür und fragt, was ich da tue. Ich erkläre ihm, dass die Messer weg müssen, weil ich glaube, es müsse rapid zu Ende gehen mit mir und weil ich zur Schlafwandelei neige. Ich sage: »Ich habe auch Angst vor den Fensterbänken.«

Wir verkleben den Karton mit Paketband und stellen ihn unter das Klappbett. »Was macht man mit Schlafwandlern«, fragt der Freund. Lars hat mich an den Schultern gefasst und »Ist schon alles gut« geflüstert, erkläre ich. »In Ordnung«, sagt der Freund.

Und jetzt schläft der Freund auch nicht mehr. Er sitzt im Klappbett und bewacht die Fensterbänke.

Die Psychiaterin verschreibt Tabletten, mit der Auflage, den Beipackzettel nicht zu lesen. »Eine halbe täglich«, sagt sie.

Im Auto lesen wir den Beipackzettel. Die Tabletten wirken gegen Depressionen und innere Erregungszustände. Während der Freund die Rückspiegel einstellt, lese ich ihm die Nebenwirkungen vor. Schluckbeschwerden, Durchfall, Zittern, Störung der Sexualfunktionen, Nesselsucht, Haarausfall, vorübergehende Bewusstlosigkeit, Gähnen.

»Na denn«, sagt der Freund, schlägt mir auf den Schenkel und fährt los.

Zu Hause lege ich mich ins Bett, der Freund setzt sich mit einem Teller auf den Bettrand und holt ein Taschenmesser aus der Hosentasche. »Ich kann doch noch nicht mal Brot schneiden«, sagt er, »und jetzt dieser Fisselskram hier.« Er drückt die Messerspitze mit aller Kraft in die Mitte der Tablette. Sein Gesicht wird rot und bekümmert. Die Tablettenhälften fliegen durchs Zimmer und verschwinden, das passiert auch bei den nächsten Tabletten. Schließlich kriechen wir auf dem Boden herum und finden acht Tablettenhälften.

Der Freund bringt ein Glas Wasser, und ich schlucke eine halbe Tablette. Dann sitzen wir auf dem Bett, sehen uns an und warten auf mindestens Nesselsucht und Haarausfall.

»Wenn es schlimm wird, bin ich gefragt«, sagt mein Vater am Telefon. Ich erzähle ihm von Lars und der anderen, von nichts und jemals, vom mitgenommenen Leben, von Messern, Fensterbänken und halben Tabletten, die zwar keine vorübergehende Bewusstlosigkeit, kein Gähnen und keinen Haarausfall auslösen, aber auch sonst nichts weiter. Mein Vater unterbricht mich und sagt: »Geh in einen Horrorfilm.« In einen Horrorfilm solle ich gehen, weil so die vorherrschende Emotion kurzfristig durch eine andere ersetzt werde. »Gut«, sage ich und trage das dem Freund vor.

»Mein Vater redet nie so mit mir«, sagt der Freund und holt die Zeitung. *Blair Witch Project* läuft und ausnahmsweise *Das Schweigen der Lämmer*. Der Freund erzählt, dass sich das

Publikum bei *Blair Witch Project* in die Hose gemacht und seine Mutter beim *Schweigen der Lämmer* gekotzt habe.

Nach dem Kino ist das Gesicht des Freundes rot und bekümmert, und er sagt, dass zumindest er lieber an gebrochenem Herzen sterben möchte als am Herzinfarkt und die Idee nicht wirklich gut war.

Nachts sitze ich im Bett und denke an Psychiater mit Maulkörben und gehäutete tote Frauen, an Lars und wie wir uns die Hand auf den Hinterkopf gelegt haben, wenn einer von uns sich nachts vor Referaten fürchtete oder dem, was bloß mal werden soll.

Die Idee mit dem Film war nicht wirklich gut. Gekotzt haben wir auch nicht. Ich stehe auf und gehe auf Zehenspitzen am Klappbett vorbei, »ist schon alles gut«, flüstert der Freund. Ich gehe zum Telefon, um Lars anzurufen, ein letztes Mal, und dabei zu hoffen, dass er nicht da ist, und dann ist er nicht da.

»Wenn er eine andere hat, dann nimm dir einen anderen«, sagt mein Vater am Telefon, »nur so zwecks Ablenkung und Selbstwert.« Ich trage das dem Freund vor, er sagt: »Aber nicht mich«, und wir gehen tanzen.

»Mich will keiner mehr«, sage ich und trinke Weißwein. Der Freund rührt mit dem Zeigefinger in seinem Bierschaum herum. Ich gehe auf die Tanzfläche, weil es eine Achtziger-Jahre-Party ist und The Sun always shines on TV mich an Flaschendrehen in der Unterstufe erinnert. Jemand tanzt um mich herum und fragt, ob ich was trinken möchte. »Gut«, sage ich.

An der Bar steht der Freund und sagt zu dem, der um mich herumgetanzt ist: »Guten Abend, ich bin nur der Bruder.« Der Freund baut an einem Bierdeckelhaus, der Tänzer ruft etwas in mein Ohr von Ausstrahlung und selten und essen gehen. Ich denke an meinen Vater und den Selbstwert und diktiere dem Tänzer meine Telefonnummer in sein Handy.

»Dann können wir ja jetzt nach Hause«, sage ich zu dem Freund und frage ihn, ob er wohl mitgehen würde zu dem Essen mit dem Tänzer. Der Freund fragt, ob er sich vielleicht mit einer Zeitung mit Loch an den Nebentisch setzen solle oder was. »Nein«, sagt er, er werde aber sicherlich zu Hause warten.

Drei Tage später ruft der Tänzer an und fragt, wie es denn mit jetzt wäre. Ich sage »Warum nicht« und dem Freund, dass die Idee mit der Zeitung und dem Loch doch im Grunde nicht schlecht sei. Der Freund sagt, ich spinne und überhaupt sei um sechs die Vorlesung vom Prüfungsprofessor und überhaupt sei es reichlich dumm, nicht mehr zur Uni zu gehen, nur um Lars nicht zu sehen mit der anderen im Arm. Dann greift er mir an den Ausschnitt und zieht ihn weiter runter. »So«, sagt er, der Tänzer sehe doch ganz nett aus, und jetzt los.

Der Tänzer redet viel und mit Metaphern. Der Tänzer sagt, er sei auf unser Treffen gespannt gewesen wie ein Flitzebogen, freue sich über meine Bekanntschaft wie ein Schneekönig, und zwischendurch muss er mal für kleine Königstiger. Der Tänzer redet so viel, dass mein Teller schon zweimal leer ist und seiner immer noch voll. Er spricht von Volkswirtschaft und sehr lange über Lebensversicherungen. Er sagt, das Beste sei, bereits in unserem Alter eine Lebensversicherung zu haben. Das Thema, meint der Tänzer, möge mir langweilig erscheinen, sei aber ein Wichtiges, früher oder später und besser früher. Ich denke an früher oder später und besser früher, nicke und gucke ab und zu auf meinen runtergezogenen Ausschnitt. Der Tänzer findet, ich kann gut zuhören. Ich nicke. Der Tänzer fragt, ob er mich nach Hause bringen soll. Ich nicke. Er sei allerdings zu Fuß unterwegs, sagt der Tänzer, ein Auto habe er nicht, denn ohne Auto bleibe man fit wie ein Turnschuh.

»Ich habe eine Überraschung für dich«, sagt der Freund, als ich nach Hause komme. Er überrascht mich mit einem neuen Bildschirmschoner. Über einen blauen Hintergrund läuft in grünen Buchstaben: Alte Liebe rostet. »Aha«, sage ich.

Der Freund fragt, wie es war. Ich erzähle von Schneekönig, Königstiger und Lebensversicherung. Der Freund meint, ich sei vernörgelt und das hänge zusammen mit der Nebenwirkung auf die Sexualfunktion und also wirke die Tablette endlich.

Mein Vater ruft an und sagt, ich müsse einfach daran glauben, dass es vorbeigehe, ich müsse einfach, und vor allem dürfe ich Lars nicht anrufen, »sonst geht die Wunde nicht zu«, sagt mein Vater.

Ich lege mich ins Bett, und es drückt hinten und vorne. Ich stehe auf und lasse den Bildschirmschonerspruch an mir vorbeilaufen. Nichts rostet, nichts geht vorbei und schon gar nicht zu. Ich gehe zum Telefon, um Lars anzurufen, ein letztes Mal, und dabei zu hoffen, dass er nicht da ist. Und dann ist er da.

Ich beiße mir auf die Lippen, kneife mir in die Wangen und probe im Schaufenster das Lächeln, das ich nur ihm schenken werde. Dann gehe ich zum Fluss.

Lars steht am Geländer und sieht aus wie Lars in viel, viel schöner. Ich umarme ihn wie früher, und er umarmt mich, als sei ich neunzig. Wir setzen uns auf eine Bank. Er erzählt von seiner Magisterarbeit über Shelley im Vergleich mit einem anderen, die fast fertig ist, von seiner Mutter, die bestimmt auch ihr Gutes hat, und ich höre genau hin. Lars hat ein Muttermal auf dem rechten Augenlid, das ich früher gern geküsst habe, dann nicht mehr küssen wollte und jetzt nicht mehr küssen darf. »Und was ist mit dir«, fragt Lars. Ich erzähle von dem Tänzer und Lebensversicherung. »Ich habe nie monologisiert, oder«, fragt Lars. Ich denke an meine zweimal leer und seine immer noch voll gewesenen Teller. Ich sage: »Nein, nie«, weil es stimmt, im Grunde.

Ich rede von früher, als sei ich neunzig. Von der Erstsemestereinführungsveranstaltung, als er dastand und ich dastand und alles war klar, vom zehnten Semester, als wir fanden, wir müssen studieren, bis es dreistellig wird, weil wir uns so lieben, dass wir nicht studieren können vor lauter Liebe, und jetzt sind wir erst im siebzehnten Semester.

Ich frage, ob die andere denn sehr schön sei und sehr klug, und Lars fragt, was er jetzt sagen soll. Dann sagt er, dass ich gesagt habe, dass wir uns trennen, weil wir glücklicher sein würden ohne einander. Er sagt, dass ich gesagt habe, dass unsere Beziehung eine Puschenbeziehung geworden sei, und er sagt, dass ich gesagt habe, dass weder er noch ich das verdient hätten nach all der guten Zeit. All das habe ich bestimmt gesagt, aber womöglich im Schlafwandel. An Schlafwandelthesen erinnert man sich, als hätte man sie im Schwimmbad gesagt, unter Wasser.

Ich frage, ob es was Festes sei. Lars sagt: »Ich weiß nur, dass ich mich wahrscheinlich darauf einlassen möchte«, und nichts wird mehr gut. Ich streiche mit den Fingern über sein Handgelenk, er hält mir seine Hand hin, und ich streiche über seinen Handrücken. Lars sieht meine Hand auf seiner Hand an, als wäre es nicht meine Hand auf seiner, sondern ein seltsames Tier. Ich lege meinen Kopf auf seine Schulter und weine und sage, dass nichts wieder gut wird. Lars schluckt und blinzelt, wie er schluckte und blinzelte, als ich sagte, dass wir glücklicher sein würden ohne einander. Dann nimmt er meinen Kopf, den Kopf, auf den er die Hand gelegt hat, wenn ich mich nachts fürchtete vor dem, was bloß mal werden soll, und küsst mich knapp neben den Mund. Er küsst mich ziemlich lange knapp neben den Mund und sagt dann, er müsse jetzt gehen. Ich sage, ich müsse ebenfalls gehen, weil's gleich zumacht. »Chop Suey«, sagt Lars, und ich sage, »tiefgefroren.«

Lars bringt mich zum Bus. Der Bus steht schon da. Ich steige ein, dann wird zugemacht. Ich halte meine Hand von innen gegen die Bustürfensterscheibe, Lars hält seine Hand von außen gegen die Bustürfensterscheibe, und viel später sagt der Freund: »Schön, wie im Film.«

»Beeilung«, sagt die Kassiererin.

Ich lege zwei Packungen Chop Suey in den Einkaufskorb. Die Dame, die das gefrorene Huhn im Arm hatte, sagt: »Es war absehbar, mit vierundneunzig.« Die andere sagt: »Der arme Ehemann.« Ich sage: »Guten Tag.« Die Damen gucken mich an. »Tag, Kindchen«, sagt die eine, die andere nickt.

Der Freund fragt nicht, wie es war. »Der Tänzer hat angerufen«, sagt er, »ich habe gesagt, ich bin doch nicht nur der Bruder.«

»Danke«, sage ich. Der Freund nimmt die Chop-Suey-Packungen und schüttet den Inhalt in eine Pfanne.

Mein Vater ruft an. Ich erzähle ihm von Lars auf der Bank am Fluss. Der Freund steht mit dem Kochlöffel daneben und hört zu. Mein Vater sagt, dass das Gefühl des Defizitären irgendwann abgelöst werde durch ein Gefühl der Eigenständigkeit und dass ich das einfach glauben müsse, da gebe es nichts.

Ich trage das dem Freund vor, dann essen wir Chop Suey. Dann geht der Freund und kommt mit chinesischen Glückskeksen zurück. Er knackt einen Glückskeks, auf seinem Zettel steht: »Glück wird Ihres Weges kommen«, und sein Gesicht wird rot. Auf meinem Zettel steht: »Man wird ein Getränk nach Ihnen benennen.« Das Gesicht des Freundes wird bekümmert. »Immerhin«, sage ich. Der Freund lächelt.

Ich lege die CD auf, auf der einer trinkt, raucht, betet und sucht. Zweitausend Stunden lang, flussaufwärts, flussabwärts und defizitär. Der Freund sagt, er bleibe noch ein paar Nächte, um Messer und Fensterbänke zu bewachen. Ich drücke auf die Repeat-Taste.

Der Freund und ich essen Glückskekse, und immer wieder wird ihm oder mir Glück des Weges kommen und nach ihm oder mir ein Getränk benannt werden. Ich gähne. »Hast du das gesehen«, sagt der Freund, »es wirkt. Pass auf, gleich wirst du vorübergehend bewusstlos.« Ich fasse mir in die Haare. Der Freund sagt: »Es ist noch alles dran.«

TESSA HADLEY

Meeresleuchten

Die Cooley-Jungs verbrachten ihre Sommer immer im Cottage in West Wales. Sie hatten ein Boot, also waren sie die meiste Zeit auf dem Wasser, oder sie spielten Cricket am Strand, oder sie halfen ihrer Mutter dabei, das Cottage zu renovieren. In dem Sommer, als Graham dreizehn war, verbrachte seine Mutter ganze Tage in Shorts, T-Shirt und alten Turnschuhen auf dem Dach und erneuerte die Schieferplatten. Ihr Vater zog jeden Tag alleine los und malte Landschaften.

In diesem Sommer herrschte das übliche Kommen und Gehen von Freunden und Verwandten, die entweder auch im Cottage wohnten oder in dem winzigen, sehr einfachen Chalet auf der anderen Seite der Wiese. Grahams Mutter hatte es für Besucher zurechtgemacht, die im Haus keinen Platz mehr fanden. In diesem Chalet wohnte Claudia mit ihrer Familie: Die Cooleys kannten sie nicht besonders gut, ihr Mann war Techniker im Labor von Grahams Vater an der Universität. Ihre Kinder waren zu klein für die Spiele der Cooley-Jungs.

Zu Beginn beachtete Graham Claudia nicht mehr als all die anderen, die auf der weit entfernten Erwachsenenseite der Welt in sein Blickfeld schwammen und wieder verschwanden. Dann aber begann sie ihm eine ganz besondere Art der Aufmerksamkeit zu schenken. Als vierter von fünf Brüdern war er schon überrascht, wenn die Freunde seiner Eltern sich daran erinnerten, welche Schule er besuchte und wie alt er war. Claudia, diese erwachsene Mutter von drei Kindern, machte es sich zum Prinzip, sich neben ihn zu setzen. Wenn sich alle auf die Rückbank des alten Dormobile-Campers quetschten oder sich zum Essen um den Tisch im Cottage oder abends im Wohnzimmer zum

Karten- oder Monopoly-Spielen versammelten, platzierte sie sich einfach neben ihn und ließ dann das Gewicht ihres Beines gegen seines sinken. Meistens hatten alle nackte Beine: Er war immer noch so jung, dass er kurze Hosen trug, auch an kühleren Tagen, und bei Frauen waren zu dieser Zeit kurze Röcke in Mode. Sie rasierte ihre braun gebrannten Beine (seine Mutter nicht): Er sah und spürte die Stoppeln. Manchmal begann sie nach einer Weile fast unmerklich zu drücken, nur ganz leicht. Immer hätte es auch ein Versehen sein können.

Wahrscheinlich tat sie das schon eine ganze Weile, ehe er es überhaupt bemerkte. Er war dreizehn, Sex hatte er bisher kaum im Sinn, jedenfalls nicht als eine körperliche Möglichkeit, als etwas, das er mit anderen Menschen haben könnte. Und selbst als er es bemerkt hatte und fortan immer ein wenig nervös und ängstlich darauf wartete, dass sie sich einen Platz suchte, war er zunächst nicht sicher, ob er sich das alles nur einbildete.

Von nun an achtete er die ganze Zeit auf Claudia, ja er achtete auf kaum mehr etwas anderes. Sie war mollig und blond, hübsch und unordentlich: Er bemerkte, dass ein Knopf ihrer Bluse immer wieder aufging, weil sie über der Brust spannte, und dass ihre Kleidung, die glamourös wirken sollte, zerknittert war, weil ihre Kinder immer auf ihr herumkletterten. Mit einer Badetasche über der Schulter und einem kleinen Kind auf dem Arm kämpfte sie sich Richtung Strand, wobei einer ihrer Lederflipflops immer wieder umklappte und er hörte, wie ihr ein halblautes »Shit« entfuhr. Einmal hörte er, wie sie ihren Mann anfauchte, als sie versuchte, das Taschenbuch zu lesen, das sie jeden Tag mit an den Strand schleppte, und die Kinder sie andauernd mit Pipi, Essenswünschen oder Streits unterbrachen: »Wenn ich jetzt nicht endlich diesen verdammten Satz zu Ende lesen kann, fange ich an zu schreien!« Grahams Eltern fluchten niemals, solche Worte hörte er sonst nur in der Schule oder von seinen Brüdern.

Claudia war ganz eindeutig eine richtige Erwachsene. Sie dachte an alles, was ihre Familie für den Strand brauchte: Schwimmsachen und Handtücher, Picknick, Sonnencreme und Wechselklamotten für das Baby, Schläger und Bälle. Sie fütterte und tröstete alle. Eine ihrer kleinen Töchter trat auf eine Qualle und weinte eine halbe Stunde lang, ehe sie auf Claudias Schoß einschlief, während Claudia ihr vom Meerwasser klebriges Haar streichelte. Aber wenn Graham ihr gegen das Meer blinzelnd dabei zusah, wie sie mit seinen Brüdern Badminton spielte – wie sie im rückenfreien Top und mit Schiffermütze stöhnend und rennend den Federball über das Netz schlug –, sah er, dass sie noch jung war; nicht jung wie er, aber so wie Tim und Alex. Das musste der Grund sein, warum sie immer noch verrückt genug war, sich ihm gegenüber so zu benehmen. Bei Tim oder Alex hätte sie das nicht bringen können, weil es dann zu echt gewesen wäre. Sie hätte sich eingestehen müssen, was da lief, denn die beiden hätten es kapiert. Mit ihm dagegen war das so weit abseits alles Möglichen – es konnte einfach nicht sein.

Am Strand gab es keine Situationen, in denen man aneinandergedrängt wurde. Aber sie fand andere Möglichkeiten: Er spürte, wie ihn ein sandiger, rauer Zeh berührte, oder wie die Haut ihres Arms an seiner Schulter glühte, wenn sie an ihm vorbei Sandwiches weiterreichte. Es war so subtil, dass auch dem aufmerksamsten Beobachter nichts aufgefallen wäre: eine Reihe von unschuldigen Zufällen, nur dadurch verbunden, dass ihm ihre Berührungen brennend bewusst waren.

Von außen betrachtet war sie besonders nett zu ihm, fragte ihn nach der Schule oder nach seiner Meinung zu allem, worüber die anderen gerade sprachen, über das Boot, das Wetter. Sie wählte ihn aus, um sich die Regeln von Racing Demon erklären zu lassen; er musste die ersten paar Runden mit ihr zusammen spielen. Als sie sich aufgeregt über den Tisch beugte, um zu sehen, was ausgespielt wurde – sie war kurzsichtig, trug aber ihre Brille nicht –, drängte sie ihn in die Ecke, und er roch ihren Schweiß. Seine Mutter bedankte sich bei ihr, dass sie Graham aus der Reserve lockte. Er hatte im Familiengefüge die Rolle des Schüchternen: Alex war der Schlaue, Phil der Sportliche und so weiter …

Mit der Zeit konnte er seine Mutter kaum mehr ansehen. Sie war wie ein summender schwarzer Raum, wo zuvor etwas Vertrautes, Unhinterfragtes gewesen war: Er konnte nicht gleichzeitig an sie und Claudia denken. Voller Leidenschaft begrüßte er alles, was Claudia anders machte als seine Mutter: Sie gähnte, wenn seine Mutter empört über Naturschutz oder Bürokratie dozierte, das Familienessen kam oft aus der Dose (die Küche im Chalet war primitiv, aber seine Mutter hätte langsam geschmorte Schonkost zubereitet), sie flirtete mit seinem Vater und beugte sich über ihn, um sich anzusehen, was er an diesem Tag gemalt hatte. Sie rauchte. Sie trug Lippenstift und Farbe auf den Augenlidern, sie roch nach Parfüm und gab bereitwillig zu, dass sie keine Zündkerze wechseln konnte, ganz zu schweigen vom Neuverkabeln eines Hauses (was Grahams Mutter im vorigen Sommer im Cottage gemacht hatte).

Eines Abends – dem letzten, den Claudias Familie im Cottage verbrachte – herrschte Hochwasser: Der ganze flache, sandige Grund der Senke, durch die sie normalerweise zum Strand spazierten, war vom Meer überflutet. Sie machten ein Lagerfeuer, brieten Würstchen und Kartoffeln und fuhren der Reihe nach mit einem Ruderboot raus. Das Wasser war seicht und ruhig; dort, wo sonst der Fluss war, musste man auf die Strömung aufpassen, doch seine Mutter hielt nichts davon, die Kinder zu sehr zu behüten. An diesem Abend war das Wasser von Meeresleuchten erfüllt, kleine Lebewesen, die im Dunkeln schimmerten: eine von Enzymen katalysierte chemische Reaktion, wie ihr Vater ihnen erklärte.

Graham fuhr mit Claudia und ihren Töchtern raus: Sie saß ihm gegenüber, während er ruderte, und die zwei kleinen Mädchen kuschelten sich an sie und waren ausnahmsweise mal ganz still. Jedes Mal wenn er die Ruder aus dem Wasser hob, tropfte flüssiges Licht in die Dunkelheit hinab, und wo die Ruder wieder ins Wasser tauchten, schlugen sie helle Löcher und sandten gekräuselte Lichtwellen aus. Im Dunkeln zog Claudia die Schuhe aus und legte ihre Füße auf seine. Er ruderte barfuß, seine Flipflops lagen im Sand. Er führte die Ruder mit vollkommen regelmäßigen Zügen, vor und zurück, wie in Trance, bis irgendwann die anderen vom Strand aus nach ihnen riefen: »Komm schon, du Idiot! Gib das Boot ab, lass mal jemand anderen ran!«

Und die ganze Zeit über strich sie mit ihren Füßen über seine; er spürte die dicke Hornhaut an ihren Fersen und Fußballen, ihre braunen, gespreizten Zehen, den harten Nagellack und den reibenden Sand, der vom feuchten Boden des Bootes an ihren Knöcheln und Unterschenkeln klebte.

Dann am nächsten Tag reiste sie ab, und er litt. Zum allerersten Mal wie ein Erwachsener – heimlich.

Über fünfundzwanzig Jahre später, als Graham selber Kinder hatte, sah er Claudia wieder. Das Oberstufen-College, an dem er unterrichtete, wurde hin und wieder außerhalb der Unterrichtszeit vermietet: Eines Freitags musste er wegen einer Sitzung länger bleiben, und als er gerade gehen wollte, kamen ihm Teilnehmer irgendeiner Konferenz entgegen. Sein Blick fiel auf die Tafel im Foyer: ein Kurs über Lebensmittelhygiene. Die Frau, die auf der Außentreppe direkt auf ihn zukam, die Kursunterlagen an die Brust gepresst, und selbstsicher mit einer Freundin plauderte, war dicker und gepflegter (alle ihre Knöpfe waren zu), und ihr schulterlanger Bob schimmerte komplett grau. Aber sie war es ganz eindeutig: das kampfeslustige Kinn, die Stupsnase, der breite Mund. All das hatte er jahrzehntelang vergessen, und jetzt fügte es sich wieder zu ihren unverwechselbaren Zügen zusammen.

In dem Augenblick, als sie an ihm vorbei war, kamen ihm Zweifel. Er bildete sich nur etwas ein; irgendeine Gesichtspartie einer Fremden hatte eine Erinnerung in ihm wachgerüttelt, von der er nicht wusste, dass sie noch in ihm schlummerte. Er drehte sich um und sah, wie sie durch die Schwingtür trat. Dann kam eine weitere Frau mit Unterlagen die Treppe hochgeeilt und sah an ihm vorbei: Sie hatte jemanden entdeckt, den sie kannte. »Claudia!«, rief sie. Und die grauhaarige Frau wandte sich um.

Seine Frau hatte sich an diesem Abend mit ihren Freundinnen einen Film angesehen. Als sie nach ein paar Drinks in der Bar des Kulturzentrums nach Hause kam, ungestüm und defensiv zugleich, erzählte er ihr von Claudia. Er hatte Hausarbeiten seiner Schüler korrigiert und sah jetzt, wie sie einen Blick auf die leeren Kaffeetassen auf dem Tisch warf, als wären sie eine Ermahnung, wie pflichtbewusst er im Gegensatz zu ihr war. Puritanisch, wie sie es nannte.

Er war sich nicht ganz sicher, warum er ihr ausgerechnet jetzt von Claudia erzählte. Carol hatte vor Jahren darauf bestanden, ihm alle ihre Erfahrungen mit Männern zu gestehen, aber er hatte das alles gar nicht wirklich wissen wollen, nicht aus Eifersucht, sondern aus echtem Gleichmut: Solche Dinge konnte man sowieso nicht teilen. Sie beugte sich vor, um die Tassen abzuräumen, und er roch den Wein in ihrem Atem: Er stellte sich vor, wie sie sich wie üblich bei Rose und Fran darüber beklagte, dass das Einzige, wofür er sich wirklich begeistern konnte, Quantenmechanik und Quarks seien. Dann fühlte er sich, als habe er ihr etwas vorenthalten, ein Wissen, ohne das sie angreifbar war.

Als sie zusammen im Dunkeln im Bett lagen, begann er zu erzählen. Ihr gefiel seine Geschichte nicht. Zuerst glaubte sie ihm nicht. »Oh, aber Gray! Das hast du dir eingebildet! Warum sollte eine erwachsene, vernünftige Frau mit einem …«

Dann stand sie auf, schaltete das Licht an, setzte sich an den Kosmetiktisch und cremte ihr Gesicht ein. Nüchtern und schnell, als hätte sie es vor dem Zubettgehen vergessen, massierte sie die Creme in Gegenrichtung zu allen hängenden Hautpartien mit den Fingerspitzen ein und konzentrierte sich wütend auf ihr Spiegelbild.

»Aber was würdest du denn denken, wenn du das hören würdest … Wenn du von einem Mann hörst, der das mit einem dreizehnjährigen Mädchen, mit deiner eigenen Tochter, mit Hannah macht? Was würdest du dann denken? Es ist *grauenhaft.*«

Er sagte ihr nicht, dass er Claudia wiedergesehen hatte.

An ihre Adresse kam er ganz einfach, indem er den Kursleiter anrief. Zweimal fuhr er in seiner Mittagspause zu dem Haus, aber niemand war da. Es lag versteckt in einer kleinen Straße von Kutscherhäuschen, ein eckiges, georgianisches Haus mit modernem Glasanbau: Als er reinlugte, sah er türkische Teppiche auf gepflastertem Boden, abstrakte Gemälde an den Wänden, eine riesige weiße Papierkugel als Lampenschirm. Er glich die Adresse mit seiner Notiz ab, um sicherzugehen, dass er richtig war: Alles an dem Haus verstrahlte dezenten Wohlstand, weit mehr als sich ein Labortechniker oder auch ein College-Lehrer hätten leisten können.

Beim dritten Mal ging er nach der Schule vorbei, und ein pflaumenfarbener alter Jaguar parkte auf dem Vorplatz unter einem blühenden Kirschbaum, der die Motorhaube mit Blütenblättern schmückte. Claudia öffnete die Tür. Sie trug einen

Batik-Kimono, und er konnte noch die gerade gelöschte Zigarette riechen.

»Claudia? Ich bin Graham Cooley.«

Sie hatte nicht den leisesten Schimmer und kramte halbherzig in ihrem Gedächtnis, während sie ihm die hingestreckte Hand schüttelte.

»Es ist schon lange her. Wir haben zusammen Ferien gemacht, und du hast in unserem Chalet in West Wales gewohnt.

»O Cooley! Das ist ewig her! Meine Güte! Ich glaube, ich erinnere mich. Die Familie mit den ganzen Jungs. Welcher warst du? Aber das war ja in einem anderen Leben! Wie merkwürdig. Und du bist natürlich erwachsen geworden.«

Sie trat noch immer nicht von der Tür zurück, um ihn hereinzubitten, sondern bewachte stur irgendein kleines intimes und friedliches Ritual, das er unterbrochen hatte. Von Nahem konnte er erkennen, wo die Haut unter dem Kinn schlaff wurde, und dass sie von zu viel Sonne Fältchen um die Augen hatte.

Er ließ sich nicht abwimmeln. Voller Bedenken – was konnte er nur wollen? – und obwohl sie Mühe hatte, sich an irgendetwas über seine Mutter und seinen Vater zu erinnern, über das man hätte plaudern können, ließ sie ihn ein, kochte Kaffee und platzierte ihn auf einen Stuhl aus hellem Holz und Chromröhren. Sie saßen in dem verglasten Zimmer, sie ihm gegenüber. Der Kaffee war gut, starker Espresso.

»Nun, was ist aus dir geworden, Graham?«, fragte sie. »Deine ganze Familie war so unglaublich begabt, nicht wahr? Fast beängstigend. Wie geht es deinen Brüdern? Warst du der Dritte? Tim hieß einer, oder? Und Paul?«

»Nicht Paul«, sagte er, »Philip. Ich war der vierte.« Er streckte den Arm aus – der Chromstuhl sah zwar komisch aus, war aber bequem und solide – und legte seine Hand schwer über dem

Knie auf ihr Bein. Sie hatte einiges zugelegt, war ziemlich drall zwischen Brust und Hüfte, aber ihr Fleisch war kompakt und warm. »Erinnerst du dich nicht? Wirklich nicht?«

Sie erstarrte. Sie sah ihn bestürzt an und dachte zuerst nur: Wer ist das bloß, wie kriege ich ihn hier raus und warum habe ich ihn überhaupt hereingelassen, obwohl ich es hätte besser wissen müssen? Aber als er dann ihren Blick suchte, öffnete sich etwas hinter ihren Augen, irgendein schützender Vorhang, und die Erinnerung durchfuhr sie, erfüllte sie, färbte ihre Haut immer röter, ließ ihren Körper erschlaffen, füllte sogar ihre Augen mit Tränen. »O doch«, sagte sie. »Oh … oh, also wusstest du es doch. Mein Gott, ich habe mir im Nachhinein eingeredet, dass du es nicht bemerkt hast, dass es nur meine eigene Fantasie war … Und jetzt, also, ich habe es einfach vergessen, alles vergessen. Es ist Jahre her, seit ich zuletzt an diesen Sommer gedacht habe …«

»Du erinnerst dich?«

»Nun ja, wie schrecklich. Ich dachte aber wirklich, dass du es nicht verstanden hattest, dass alles nur meine grauenhafte Idee war.«

»Aber im Boot …«

»Im Boot? Im Boot? Was habe ich im Boot getan? Oh, sag nichts, bitte, ich will es nicht wissen. O Gott, ich kann es nicht erklären, es gibt keine Erklärung. Als mein eigener Sohn in dieses Alter kam, dachte ich immer, dieser Junge … Es war so ein scheußlicher Sommer, Don und ich … Ich weiß noch, ich saß immer am Strand und träumte davon, ihn mit dem Küchenmesser zu zerfleischen. Armer Don. Er war wirklich nicht so übel. Den ganzen Sommer zusammen in dieser dämlichen Hütte eingepfercht.« Sie sah ihn erschrocken an. »Du weißt, dass Don und ich getrennt sind? Nein, natürlich nicht, woher auch? Aber das war in einem anderen Leben. Mein Mann ist Architekt.

Wir haben zusammen noch eine Tochter, insgesamt habe ich vier Kinder …« Sie zählte ihm das alles auf, als schulde sie ihm eine Erklärung.

»Sind die Kinder in der Schule?«

»In der Schule? Wieder wurden ihre Augen feucht, ihr schlaffer Mund verzog sich zu einem Lächeln, sie nahm seine Hand von ihrem Knie. »Ich bin Großmutter. Ich habe zwei Enkelkinder. Die Tochter, die du nicht kennst – sie ist in der Abschlussklasse der Kunstakademie. Du siehst, ich bin eine alte Frau. Grauenhaft, nicht wahr? O Gott, das ist alles fürchterlich. Lass uns was trinken.«

Sie schenkte ihnen beiden eine ordentliche Portion Scotch ein.

»Aber du hast immer noch denselben Namen, so habe ich dich auch gefunden.«

»Ich wollte dieses ganze Theater nicht, den Namen meines Mannes annehmen und so weiter. Ich wollte beim zweiten Mal alles anders machen. Aber ob es jetzt so anders ist, diese Mann-Frau-Geschichte, das ist einfach schwierig …« Sie prosteten sich zu, und sie lief sehr rot an. »Hast du mir vergeben? Ich habe nicht dein Leben ruiniert oder so? Ich schäme mich wirklich entsetzlich. Das tat ich schon direkt danach; und dann habe ich angefangen mich zu fragen, ob ich wirklich etwas so Abscheuliches getan haben könnte. Ich dachte, vielleicht habe ich es nur geträumt. Aber natürlich habe ich nicht damit gerechnet, dich jemals wiederzusehen oder dass wir einander erkennen. Wir haben jahrelang im Norden gelebt.«

»Ich habe dich erkannt. Ach übrigens, warum eigentlich Lebensmittelhygiene?«

Wieder hatte sie keine Ahnung, was er meinte. »Oh! Lebensmittelhygiene!« Im Kopf ging sie die Gesichter im Kursraum durch. »Warst du bei der Konferenz? Ja – ich bin Teilhaberin eines französischen Restaurants in Kingsmile.«

Sie leerten ihre Whiskys schnell, und Claudia schenkte mit zitternden Händen nach. Sie sah ihn versöhnlich an. »Du siehst gut aus«, sagte sie. »Ich hatte schon immer einen guten Geschmack, was Männer angeht. Oje. Aber es ist alles okay, oder? Du bist nicht gekommen, um mich zu bestrafen oder so was?«

»Nein«, sagt er. »Das ist das Letzte, was ich tun würde.«

Und dann, als er begann, sie zu küssen und seine Hände unter ihre Kleider zu schieben, tat er es ohne Scheu, als hätte er ein Anrecht darauf. Und sie ließ es geschehen, beobachtete ihn, sagte: »Bist du wirklich sicher? Ich hätte nicht gedacht, dass jemand das noch von mir wollen könnte, ich meine, kein Fremder.«

»Ich bin kein Fremder«, sagte er.

»Für mich schon. Auch nach allem, was du erzählst. Ich erinnere mich nur schwach. Aber natürlich nicht an dich. Ich erinnere mich an einen Jungen, verstehst du? Ich habe dich noch nie gesehen.«

Aber sie hielt ihn nicht zurück. Trotz seiner Entschlossenheit betrachtete sie ihn immer wieder voller Neugier, eine Neugier wie seine eigene, unnachgiebig, gierig und voller Scham.

Carol riss die Tür auf, als er seinen Schlüssel ins Schloss steckte.

»Wo bist du gewesen? Ich war völlig außer mir. Ich habe alle Krankenhäuser abtelefoniert, dein Essen ist hinüber, die Kinder …«

»Carol, habe ich es dir nicht gesagt? Wir hatten mündliche Prüfungen, es hat sich stundenlang hingezogen. Das habe ich dir doch sicher gesagt. Ich sagte, dass ich mir ein Sandwich hole.«

»Aber ich habe im College angerufen, und niemand ist rangegangen.«

»Liebes, es tut mir leid … Das Telefon steht im Büro, aber da war niemand. Es tut mir leid, vielleicht habe ich wirklich vergessen, es dir zu sagen. Ich war mir so sicher, dass ich es erzählt habe. Lass mich rein und die Kinder ins Bett bringen, damit du es nicht machen musst.«

Sie starrte ihn an. »Das passt überhaupt nicht zu dir. Normalerweise bist du so gut organisiert. Aber ich kann mich echt nicht erinnern, dass du mir das gesagt hast. Und ist es nicht noch ein bisschen früh für diese Prüfungen? Du hast ja noch nicht mal alle Arbeiten korrigiert.«

Einen Augenblick lang war er sich sicher, dass sie einen Geruch an ihm wahrnahm, die Blendung erkannte, die an ihm hing, von ihm tropfte, durch seine Adern rauschte. Aber er sah, wie sie diese Ahnung gezielt beiseiteschob, aus ihrem Bewusstsein verbannte. Das hier war ihr Ehemann, der Mann, den sie kannte. Er war Physiklehrer und spielte Schachturniere, nicht wahr?

SAYAKA MURATA
Kuss in einer Sommernacht

Der Sommer sei die beste Jahreszeit zum Küssen, hatte ihre Freundin Kikue gesagt. Daran musste Yoshiko denken, als sie den starken sommerlichen Duft durch die Fliegengitter wahrnahm.

Yoshiko war vergangene Woche fünfundsiebzig geworden und hatte noch nie Sex gehabt. Auch noch nie geküsst. Kein einziges Mal hatte sie mit ihrem fünf Jahre zuvor verstorbenen Mann geschlafen. Ihre beiden Töchter hatte sie durch künstliche Befruchtung empfangen, war quasi als Jungfrau Mutter geworden. Beide Töchter waren verheiratet, und Yoshiko lebte allein und komfortabel in dem Haus, das ihr Ehemann ihr hinterlassen hatte.

Abgesehen von ihrer Jungfräulichkeit hatte Yoshiko ein ganz normales Familienleben geführt. Dennoch waren die Leute überrascht, wenn sie im Laufe eines Gesprächs verriet, dass sie sexuell unerfahren sei. »Was? Warum sagst du das? Du hast doch Kinder? Ach, du hast dich künstlich befruchten lassen? Wieso das denn? So weit musstest du gehen?« Yoshiko hatte die zudringlichen Versuche, etwas über ihre sexuelle Orientierung oder ihr Sexualleben herauszufinden, dermaßen satt, dass sie die Sache inzwischen geheim hielt. Die Reaktionen ihrer Umgebung fand sie einfältig, grausam und übergriffig. Um wie ein »normaler Mensch« behandelt zu werden, musste sie diese Dinge verschweigen. Als sie gerade überlegte, ob sie ins Bad gehen sollte, klingelte ihr Telefon. Es war Kikue, die in der Nachbarschaft wohnte.

»Hallo, ich bin's. Hast du Lust, heute Abend zu mir rüberzukommen? Meine Schwester hat mir einen Karton Pfirsiche geschickt. Ich weiß nicht, was ich damit anstellen soll. Du kennst dich doch mit Einmachen aus.«

»Sollen wir Kompott daraus machen?«

»Ja, genau. Das machen wir. Ich bin gegen zehn hier fertig. Hol mich doch in ungefähr einer Stunde im Laden ab.«

»Jetzt lässt du mich alte Frau auch noch nachts allein durch die Straßen laufen. Also gut, ich komme.«

Yoshiko und die gleichaltrige Kikue hatten sich in einem Arbeitskreis im Gemeindezentrum angefreundet. Yoshiko hatte nichts gegen Kikues etwas aufdringliche Art. Ihre Freundin hatte nie geheiratet und lebte, seit sie im Ruhestand war, von ihrer Rente und einem Aushilfsjob in einem Convenience Store in ihrem Viertel. Zu Yoshikos Verwunderung übernahm sie auch Nachtschichten und hievte schwere Kartons, aber Kikue ertrug es, ohne sich zu beklagen. »Meine Eltern waren Bauern, weißt du. Mir macht so was nichts aus, ich bin ja ganz anders aufgewachsen«, pflegte sie stolz zu erklären.

Als Yoshiko nach einem Gang durch die abendliche Nachbarschaft den Convenience Store erreichte, in dem Kikue arbeitete, kam diese gerade aus dem Laden.

»Na? Heute kein Date?«, neckte Yoshiko sie.

»Dummchen, Dates hat man an regnerischen Abenden. Wer hat bei so schönem Wetter Lust, auf der Straße zu knutschen?«, erwiderte Kikue ungerührt.

Kikue war nie verheiratet gewesen, aber sie liebte Sex und schlief noch immer mit vierzig oder fünfzig Jahre jüngeren Männern, die sie bei ihrem Aushilfsjob kennenlernte. Sie brüstete sich damit, »die Nymphomanin« genannt und von ihrem Chef gefürchtet zu werden.

Die beiden Freundinnen schlenderten durch die nahezu menschenleeren Straßen des dunklen Wohnviertels, in dem der Verkehr nur wie fernes Wellenrauschen hörbar war. Kikue nahm einen Plastikbehälter mit Warabimochi aus der Konbinitüte, die sie bei sich trug.

»Willst du auch eins? Sie laufen bald ab und werden sonst weggeworfen. Also habe ich sie gekauft. So gekühlt, sind sie besonders lecker.«

Kikue gab den Sirup darüber und nahm einen Biss.

»Warabimochi sehen aus wie die Zungen von jungen Männern. Das hat mir Appetit gemacht. Sie fühlen sich im Mund an wie ein Kuss.«

»Aha. Danke, aber nein danke«, lehnte Yoshiko achselzuckend ab.

»Oh, entschuldige, habe ich was Falsches gesagt?« Kikue lachte.

Bei aller Gegensätzlichkeit passten sie sehr gut zusammen.

Als Yoshiko Kikue anvertraut hatte, sie sei Jungfrau, hatte diese nur genickt. »Dachte ich mir.«

»Na gut, ich nehme doch eins.«

Yoshiko griff nach einem der weichen Klümpchen und steckte es sich in den Mund. Darauf herumzukauen, fühlte sich erfrischend an.

»Wie ein leidenschaftlicher Kuss, was?« Kikue lachte, während die Schritte der beiden durch die stillen dunklen Straßen hallten.

MARLEN HAUSHOFER

Die Kirschen

Einmal bin ich als Kind in eine schreckliche Lage gekommen. Es war, glaube ich, in der zweiten Klasse Gymnasium.

Unser Katechet stand vor der Tafel und diktierte irgend etwas, was wir in kleinen Heftchen mitschreiben mußten.

Ich weiß nicht mehr, lag es am Vortrag, oder machte mich die Junisonne so müde; jedenfalls war ich nahe daran, einzuschlafen. Das durfte nicht geschehen! Der Katechet diktierte langsam und deutlich, und ich ließ meine Gedanken spazierengehen: Wie es wohl wäre, wenn man »Evangelium« mit f und k schriebe? Spielerisch versuchte ich es. Komisch sah das Wort jetzt aus! Und erst »Apostel« mit b und ll – wie lächerlich! Langsam geriet ich in Eifer und stellte mir die Aufgabe, in jedem Wort zwei bis drei Fehler zu machen. Die Müdigkeit war wie weggeblasen.

Als wir drei Seiten geschrieben hatten – ich war eben dabei, das unschuldige Wörtchen »ist« zu verschandeln -, nahm mir der Katechet plötzlich das Heftchen aus der Hand, um das Geschriebene zum Vergleich noch einmal vorzulesen.

Seither weiß ich, wie dem letzten Menschen eine halbe Stunde vor dem Weltuntergang zumute sein wird.

Bei »Efankelium« stutzte der Katechet schon, aber da es immerhin ein Fremdwort war, ließ er es hingehen. Bei »Abostell« lief er aber schon blutrot an, und zwei Zeilen später – bei dem Wort »Ovenparrung« – erfolgte die Katastrophe. Mit bebender Stimme las er alle Fehler vor. Und das war das Unvernünftigste, was er tun konnte, denn die Klasse konnte unmöglich ernst bleiben. Das Gelächter wollte kein Ende nehmen. Instinktiv fühlte ich, daß diese Heiterkeit für mich nichts Gutes bedeutete.

Der arme Katechet wurde schon ganz blau im Gesicht. Und dann begann er zu schreien. Es war ein schrecklicher Anblick. Mein Herz klopfte wild, und die Knie begannen mir zu zittern.

Er schrie so laut, daß die erste und dritte Klasse entsetzt vor unserer Tür standen und horchten. Und er schrie auch noch die ganze Zehnuhrpause hindurch. Mein Kopf war schon ganz verwirrt und schwindlig. Weshalb war er denn nur so wütend? Ich hatte ihn doch gar nicht ärgern wollen!

Immer war mir damals schon bekannt, daß sich die großen gescheiten Leute häufig über die unbegreiflichsten Dinge aufregen können. Vielleicht hatte der Herr Katechet einen Herzfehler, oder war er nervös?

Sofort bereute ich, ihn so geärgert zu haben. Wenn ihn nur nicht der Schlag trifft! dachte ich.

Endlich lief er aus der Klasse und nahm mein Heftchen mit sich. Ich blieb völlig vernichtet zurück. Er würde zur Direktorin gehen und ihr alles erzählen. Sie kam auch wirklich gleich darauf mit ihm in die Klasse, und ihre tiefe Stimme beruhigte mich ein wenig. Aber wie ein zürnender Racheengel stand der Katechet neben ihr und wies mit bebendem Zeigefinger auf mich.

Man nahm mich ins Verhör. Weshalb ich es getan hätte ...?

Ich zuckte hilflos mit den Schultern. Wußte ich denn überhaupt noch, warum ich es getan hatte? Er war mir halt so eingefallen. Aber das hätte mir ja kein Mensch geglaubt.

»Aus reiner Bosheit hat sie es getan«, grollte der Katechet.

Die Direktorin sah mich nachdenklich an. »Hast du es aus Dummheit geschrieben oder mit Absicht?«, fragte sie streng.

Sollte ich hier vor zweiunddreißig Mitschülerinnen sagen, daß es ich aus Dummheit getan hatte? Niemals, lieber sollte die ganze Welt untergehen.

»Mit Absicht«, sagte ich rasch.

Ich sah das traurige Staunen in den Augen der Nonne und senkte den Blick. Ohne ein Wort zu sagen, ging sie hinaus, und stolz erhobenen Hauptes folgte der Herr Katechet.

Für mich begann eine Leidenszeit. Zunächst kam einmal die Pensionatsvorsteherin über mich und putzte mich so herunter, daß ich nachher beinahe selber glaubte, ich hätte Tag und Nacht nur darüber nachgedacht, wie ich den armen Katecheten ärgern könnte.

Alle Schwestern schüttelten bedauernd den Kopf, sobald sie mich nur von weitem auftauchen sahen, und die Kinder gingen mir wie einer Aussätzigen aus dem Weg. Mein Verbrechen mußte wirklich verabscheuungswürdig sein. Jeden Tag brachte man mir eine neue Hiobsbotschaft: Einmal, ich würde eine Vier in Religion, Deutsch und Betragen bekommen; dann, als ob das noch nicht genügt hätte, fügte man auch noch hinzu, daß der Herr Katechet so gekränkt und beleidigt sei, daß er mich nie mehr zu sehen wünsche.

Dieser Wunsch beruhte auf Gegenseitigkeit, aber es war mir ganz klar, daß man lieber auf meine Gegenwart verzichten würde als auf die des Herrn Katecheten. Meine Nächte begannen schlaflos zu werden.

Ungefähr nach einer Woche teilte man mir mit, daß die Oberin von meinem Ausschluß abgesehen habe und noch einmal Gnade vor Recht ergehen lassen wolle. Aber man hatte meinen Eltern geschrieben, daß sie kommen und mich exemplarisch bestrafen sollten.

Die folgenden Tage waren eine wahre Qual für mich. Zutiefst bedauerte ich meine Eltern, die ein so ungeratenes Kind haben mußten, und am Abend, wenn die anderen Mädchen schon ruhig schliefen, weinte ich vor mich hin und stopfte den Polsterzipfel fest in den Mund, um nicht laut zu schluchzen.

Ich malte mir aus, wie alles sein würde. Vielleicht kommt die Mutter, das schien mir noch das Günstigste zu sein. Sie wird mir im Sprechzimmer ein paar Ohrfeigen geben und einen halben Tag mit mir schimpfen, bis ich ganz klein und weich bin. Zum Abschied wird sie mir – zwar mit bösem Gesicht, aber doch – einen Kuß geben. Damit wird die Sache erledigt sein.

Wie aber, wenn der Vater selber kommt?

Noch nie hatte er mich auch nur mit einem Finger angerührt, mich immer in Schutz genommen und versichert, daß ich »das nie mehr tun würde«. Diese Enttäuschung aber konnte er bestimmt nicht ertragen. Ich wußte, wie zornig Vater werden konnte, wenn seine Hunde nicht parierten. Diesmal würde mich sein gerechter Zorn treffen. Vielleicht würde er mich vor allen Kindern züchtigen, oder er würde mich mit nach Hause nehmen und nicht mehr in die Schule gehen lassen.

Meine Phantasie malte mir immer wieder neue beunruhigende Bilder aus. Ich zog mir die Tuchent über den Kopf und wünschte mir den Tod.

Am Sonntagvormittag, während der Studierstunde, kam plötzlich die Pfortenschwester und holte mich ins Sprechzimmer. Die Pensionatsvorsteherin sah ich gerade aus dem Zimmer gehen, als ich eintreten wollte. Also hatte sie schon alles erzählt.

Mein Herz wurde schwer wie ein Stein. Langsam schlich ich durch die Tür. Vater stand mitten im Zimmer. Seine große vertraute Gestalt versetzte mich heute in Angst. Ob er mich gleich schlagen wird? dachte ich und kam zögernd näher.

Nichts geschah. Er umarmte mich wie sonst und befahl mir, mich umzuziehen, weil ich mit ihm ausgehen dürfe.

Schnell lief ich hinauf, schlüpfte in mein weißes Matrosenkleid und band mir neue Maschen auf die Zöpfe.

Die Mädchen sahen mir boshaft und schadenfroh aus den Fenstern nach, als ich mit Vater über die Straße ging. Wieder packte mich die Angst. Vielleicht sollte ich meine Strafe mitten auf der Straße bekommen?

Vater begann mich allerhand auszufragen, über die Schule und meine Freundinnen. Gleich wird er davon anfangen, dachte ich, aber immer wieder ging die Gefahr vorüber.

Wir sahen uns ein wenig in der Stadt um, und ich bestaunte die Auslagen der Spielzeuggeschäfte und Bücherläden. Um zwölf Uhr kamen wir dann in ein großes Gasthaus, und Vater bestellte Schnitzel und nachher eine Torte. Noch immer wagte ich nicht, ihm in die Augen zu schauen. Mir schien es manchmal, als ob er ganz sonderbar lächle.

Plötzlich durchzuckte es mich: Hier wird er mich strafen, hier vor allen Leuten. Das überlebe ich nicht, dachte ich verzweifelt und drückte an meiner Torte herum.

Aber wieder geschah nichts. Ich durfte sogar ein paar Schlucke Wein trinken, und obwohl er mir nicht sonderlich schmeckte, fühlte ich mich doch sehr gehoben.

Nach dem Essen wurde Vater ein wenig schläfrig. Wir setzten uns im Park auf eine Bank und ließen uns die Sonne auf den Rücken scheinen.

Die Rosen, die um den Springbrunnen gepflanzt waren, begannen gerade aufzublühen, und als ich nicht mehr stillsitzen konnte, lief ich von einer zur anderen, um daran zu riechen. Am süßesten duftete eine große dunkelrote. Außerdem saß auf ihrem gelben Herzen ein grüner Käfer.

Vater war ein wenig eingenickt. Die Bahnfahrt hatte ihn wohl ermüdet. Es bedeutete jedesmal ein großes Opfer für ihn, in die Stadt zu fahren. Ja, er verabscheute alles, was damit zusammenhing.

Wieder überfiel mich die Reue. Meinetwegen mußte er das alles auf sich nehmen und hätte doch daheim so friedlich unter dem Birnbaum sitzen können. Eine ungeratene Tochter war ich auf jeden Fall.

Später gingen wir ins Kino. Es war mein erster Film, und ich wurde nicht recht klug daraus.

Ein unglücklich aussehender Mann saß auf einem Sessel und kaute an seinem Schnurrbart. Dazu tanzten ein paar erschreckend magere junge Damen fortwährend um ihn herum, und zwischendurch trat ein junger Mann mit besonders blühenden Wangen auf und wurde von jedermann geohrfeigt.

Hoffentlich erinnert er sich jetzt nicht an den Zweck seines Kommens, dachte ich und warf einen schiefen Blick auf Vater. Aber der lachte so herzlich und heiter, daß er gewiß keine finsteren Absichten hegen konnte. Ich muß sagen, ich fand an der ganzen Sache nichts zu lachen.

Der junge Mann mit der dicken Backe tat mir leid. Wer weiß, ob er so gesund war, wie er aussah? Vielleicht war er nur so verschwollen.

Es war jedenfalls ein Film für Leute mit einem ganz reinen Gewissen. Ich atmete erleichtert auf, als er zu Ende war.

Es war gleich fünf Uhr, und wir mußten zur Bahn. Ich durfte Vater begleiten, und während wir durch den Park gingen, erzählte er mir noch schnell, was sich zu Hause ereignet hatte. Mein Bruder war vom Birnbaum gefallen und hatte sich den Knöchel verstaucht. Die graue Katze war verschwunden, und meine Lieblingskuh würde im Juli ein Kalb bekommen. Aber dann waren ja schon die langen Ferien.

Ich hörte nur mit einem Ohr hin, und plötzlich stieg ein furchtbarer Verdacht in mir auf: Auf dem Bahnhof würde ich meine Schläge bekommen.

Natürlich! Daß ich daran noch nicht gedacht hatte! Es war ja die beste Gelegenheit, mich zu beschämen. Die Leute würden sich auf den Gängen des Zuges zusammendrängen, um durch die Fenster das seltsame Schauspiel zu genießen. – Und da brachte Vater es noch übers Herz, mir von der gescheckten Kuh zu erzählen! Ich wurde immer schweigsamer und gedrückter.

Endlich klopfte mir Vater auf den Rücken und sagte: »Nur Mut! In vier Wochen bist du ja schon wieder zu Hause.«

Mühsam lächelte ich zu ihm auf, aber es war mir kein Trost. Er ist keine Kunst, mutig zu sein, wenn man ein großer, starker Mann ist und einen Bart hat. Kein Mensch kann einen dann noch durchhauen.

Auf dem Bahnsteig stand eine alte Frau und verkaufte riesige gelbrote Kirschen. Plötzlich stand Vater vor ihr und ließ sich einen großen Papiersack damit füllen. Dann lachte er und drückte ihn mir in die Hände. Ich war so sprachlos, daß ich nicht einmal danken konnte.

Inzwischen war der Zug eingefahren. Vater klopfte mir noch einmal fest auf den Rücken, strich mir über den Scheitel und stieg rasch ein.

Als der Zug schon anfuhr, rief er plötzlich aus dem Fenster: »Ja, was ich noch sagen wollte, so Dummheiten in der Religionsstunde machst du mir nicht mehr, gelt!«

Dann zog er sein großes blauweißes Taschentuch heraus und winkte, solange er mich sehen konnte.

Ich stand auf dem Bahnsteig, die Kirschen gegen die Brust gedrückt, und weinte bitterlich.

Dann drehte ich mich schnell um und lief durch den Ausgang auf die Straße. Noch nie zuvor hatte ich mich zugleich so beschämt und glücklich gefühlt.

Durch die offene Kirchentür ging ich ins Kloster und kam gerade zum Segen zurecht. Mein Herz war so voller Glück und Dankbarkeit, daß ich mitsingen mußte. Wahrscheinlich klang es recht falsch, denn singen habe ich nie können, aber in dem mächtigen Brausen der Orgel ging mein kleiner Gesang unter. Vielleicht hätte der liebe Gott es auch sonst nicht übelgenommen, denn es wird ja von ihm behauptet, daß er nur auf die Herzen der Menschen schaut, und meines konnte sich gerade damals sehen lassen.

Am Abend gab es Reis mit Rosinen, und ich fühlte mich wieder wie ein Mensch. Der Bann war gebrochen. Die Mädchen taten alle so, als ob mir ein großes Unrecht geschehen sei und als seien sie immer der Meinung gewesen. Vielleicht hatte ich mir ihre schadenfrohen, gehässigen Blicke nur eingebildet. Im Kummer ist der Mensch ja immer argwöhnisch. Ich fühlte mich zum zweitenmal beschämt und schenkte jeder an meinem Tisch eine Handvoll Kirschen. Alle beneideten mich um meinen Vater und lobten ihn so lange, bis ich ihnen eine zweite Handvoll Kirschen gab.

Die Schwestern sahen mir zu und machten undurchdringliche Gesichter.

Am Abend schlief ich schon beim Vaterunser ein und schlief zum ersten Mal seit langem wieder tief und traumlos bis in den Morgen.

Am nächsten Tag nach der Messe nahm mich die Pensionatsvorsteherin zur Seite und erklärte mir hastig und geheimnisvoll, ich müsse mich jetzt beim Herrn Katecheten entschuldigen und ihm die Hand küssen.

Sofort erwachte mein Trotz. »Entschuldigen tu ich mich schon, aber die Hand küssen mag ich nicht. Ich hab' ihm ja doch nichts getan!«

Erst als sie mir erklärte, daß er nur unter dieser Bedingung auf eine weitere Verfolgung verzichten werde, gab ich nach. Etwas Genaues konnte ich mir unter der »weiteren Verfolgung« nicht vorstellen, aber eine Annehmlichkeit bedeutete es bestimmt nicht.

Im leeren Studiersaal stand der Herr Katechet und sah mich böse an.

Ohne ein Wort zu sagen, streckte er mir seinen Handrücken entgegen.

Ich dachte schnell einmal an den Vater, wie er mit dem blauen Taschentuch gewinkt hatte, dann flüsterte ich ein paar unverständliche Worte und beugte mich über die große, rote Männerhand.

Als ich aus dem Zimmer ging, wurde mir auf einmal klar, was der Ausdruck »sich demütigen« bedeutet.

Die gute Schwester atmete erleichtert auf. Sie kannte meinen widerspenstigen Geist, und wahrscheinlich war ihr die ganze Sache schon ebenso zuwider wie mir. Beinahe dankbar sah sie mich an, nestelte an meinen Zöpfen herum, strich meinen Kragen glatt und schickte mich dann in die Schule.

Im Herbst bekamen wir einen neuen Katecheten, der seinen Stoff so anregend vorzutragen wußte, daß ich nie mehr in Versuchung kam, Evangelium mit f und k zu schreiben, sondern die ganze Stunde hindurch mäuschenstill saß, um nur ja kein Wort zu verlieren.

Seither hab' ich noch öfters Dummheiten gemacht, bin aber der gerechten Strafe nie entgangen.

Wahrscheinlich passiert es jedem Menschen nur einmal im Leben, daß er statt Schläge Kirschen bekommt.

KRISTEN ROUPENIAN

Was wir in den Sommerferien gemacht haben

Wir haben versucht, unseren Eltern eine Qualle aufzutischen.

Jeden Sommer haben wir ein anderes Spiel gespielt. Zum Beispiel bestand es einen Sommer darin, dass wir Dutzende Poster gemalt und die Touristen zu einem Besuch in *Das hochinteressante naturwissenschaftliche Aquarium* eingeladen haben, und wenn die Touristen dann eintrafen, haben wir ihnen direkt zehn Dollar Eintrittsgeld abgeknöpft, bevor sie bemerkten, dass *Das hochinteressante naturwissenschaftliche Aquarium* nur aus einem Plastikeimer mit ein paar Garnelen und Einsiedlerkrebsen bestand. Das Jahr davor ging es bei unserem Spiel darum, einen abendfüllenden Film namens *Der Angriff des Riesenkiller-Einsiedlerkrebses* für die Touristen zu drehen, für den wir nur 50 Cent Eintritt verlangten, um kurz vor Beginn der Vorführung zu verkünden, dass jeder mindestens zwei Limonaden trinken müsste, wobei eine Limonade zehn Dollar kostete.

In jenem Sommer, dem Sommer mit der Qualle, war unser eigentlicher Plan, ein Restaurant zu eröffnen, das wir mit köstlichen Meeresfrüchten, mit Gerichten wie frischer Flunder, knusprigen Garnelen und saftigen Muscheln zu dem sensationellen Preis von nur je einem Dollar bewerben würden, aber wenn die Touristen eintrafen, würden wir ihnen lebende Tiere, die noch auf den Tellern zappelten, servieren, und wenn unsere Gäste dann schrien, würde unsere älteste Schwester sagen »Oh, Verzeihung, das tut mir aber sehr leid, wir hier in Cape Cod essen unsere Meeresfrüchte so, ist das bei Ihnen in Texas anders? Glücklicherweise haben wir heute Abend noch ein anderes Gericht auf der Karte, und zwar Nudeln ohne alles für nur zehn Dollar.«

Wir verbrachten fast zwei ganze Regentage damit, Schilder und Speisekarten für unser Restaurant zu basteln, und dann machten wir einen Testlauf, zu dem wir unsere Eltern einluden. So begannen und endeten die meisten unserer Spiele: Unsere Eltern kamen zu uns zu Gast und spielten die Touristen. Sie taten so, als wären sie ein bisschen verwirrt und schwer von Begriff, und manchmal ließen sie sich von uns sogar ein, zwei Dollar abluchsen.

In jenem Sommer hatten unsere Eltern allerdings nicht so gute Laune. Als wir den Teller Muscheln mit Seepockenkruste herausbrachten, hörten sie gar nicht hin, als meine Schwester mit ihrem einstudierten Monolog loslegte. Stattdessen gingen sie direkt in ein langes Lamento von Das ist so ekelhaft, das sind die guten Teller, mal im Ernst, Ihr wisst schon, dass Ihr die jetzt ordentlich schrubben müsst, über, und sie sagten, dass es statt unserer geliebten Freitags-Pizza die Spaghetti zum Abendessen geben würde, weil wir eine ganze Packung Nudeln nicht einfach so verschwenden dürften. Dann jagten sie uns von der Veranda hinunter zum Strand.

Wir waren wütend auf unsere Eltern und wollten uns dafür rächen, aber uns fiel nichts ein, und so beschlossen wir, hinunter zum Point zu laufen. In jenem Sommer wurden, vielleicht wegen der Hurrikans, die in der Nähe wüteten, einige merkwürdige Kreaturen an den Strand gespült. Zusätzlich zu den dort üblichen Tieren – Immergrün und Einsiedlerkrebse und Muscheln und winzige Garnelen – gab es Seeigel und Hufeisenkrebse und Schwertmuscheln und Sanddollar und diese seltsamen roten Käfer, die aussehen wie Mini-Hummer.

Unsere jüngste Schwester entdeckte die Qualle zuerst. »Guckt mal, Leute«, sagte sie, und zuerst wussten wir nicht, was sie meinte, und dann plötzlich sahen wir sie auch.

Die Qualle lag ausgebreitet an der Flutlinie, so groß wie einer von den guten Tellern. Von Weitem sah sie aus wie eine schillernde Luftspiegelung, die man auf der Straße sieht, über und über schimmernd und durchsichtig und leuchtend, aber als wir näherkamen, bemerkten wir, dass sie gar nicht komplett durchsichtig war: Sie war von blassrosa Streifen durchzogen, und das hätten auch gut Venen, Nerven oder Blut sein können.

Wir schmissen einen Kieselstein auf die Qualle, um sicherzugehen, dass sie tot war, und dann schickten wir unsere jüngste Schwester die Dünen hinauf, um einen Stock zu finden, mit dem wir die Qualle anstupsen könnten. Die Qualle war zäher, als sie aussah. Zuerst gab sie unter dem Druck des Stocks nach, aber als unsere älteste Schwester fester zudrückte, hörten wir ein leises schmatzendes Geräusch, plopp, und ein kleines Loch öffnete sich, aus dem eine stinkige rosafarbene Flüssigkeit heraustropfte.

Das war das Ekelhafteste, was wir je gesehen hatten. Unsere älteste Schwester fing an zu schreien und schmiss den Stock ins Meer, und dann fingen wir alle an im Kreis zu rennen und hinzufallen und so zu tun, als müssten wir sterben und uns übergeben.

»Du hast sie aufgestochen!«, sagte unsere jüngste Schwester, als wir uns etwas beruhigt hatten. »Die arme Qualle. Ich kann nicht glauben, dass du sie aufgestochen hast.«

»Die war doch eh schon tot«, entgegnete die Quallen-Aufstecherin.

»Das sieht so fies aus«, meinte unsere jüngste Schwester. »Sieht aus wie Kotze. Oder Schnodder.«

»Sieht aus wie Muschischleim«, sagte unsere älteste Schwester, und läutete damit eine weitere Runde hysterischen Umherrennens und Herumschreiens ein, die sogar noch länger als beim ersten Mal andauerte.

»Stellt euch mal vor, wir tischen das den Touristen auf«, sagte unsere jüngste Schwester, als wir fertig waren mit Schreien. »Die würden so durchdrehen.«

»Stellt euch mal vor, wir tischen das *Mama und Papa* auf«, sagte unsere älteste Schwester.

Und dann wurden wir alle ziemlich ruhig und stellten uns das vor.

Unsere jüngste Schwester sollte Wache halten bei der Qualle, damit sie nicht von den Vögeln gefressen würde, und der Rest von uns rannte zurück zum Haus, um die passende Ausrüstung zu besorgen. Als wir zurückkamen, weinte unsere jüngste Schwester, denn was, wenn die Qualle noch gar nicht tot wäre, sondern nur bewusstlos, und unsere älteste Schwester hätte sie bei lebendigem Leibe durchstochert. Unsere älteste Schwester sagte, was für ein Blödsinn, und unsere jüngste Schwester sagte, *du* bist blöd, und unsere älteste Schwester entgegnete, dass unsere jüngste Schwester vielleicht recht hätte und dass die Qualle vielleicht noch *immer* lebendig sei und wenn unsere jüngste Schwester schliefe, könnte die Qualle aus ihrer Schockstarre erwachen und ihr über das Gesicht glibbern und das würde ihr nur recht geschehen, weil sie so ein Baby sei. Unsere jüngste Schwester sagte, sie würde unseren Eltern erzählen, dass unsere älteste Schwester so gemein war und auch, dass sie eine Qualle umgebracht hatte, und unsere älteste Schwester sagte, möchtest du, dass ich dein Gesicht sofort in die Qualle hier drücke, weil ich das nämlich mache, wenn du nicht sofort aufhörst. Unsere jüngste Schwester flüsterte *Ich hasse dich* und unsere älteste Schwester sagte, Ich habe gehört, was du gesagt hast und Ist mir doch egal, ich hasse dich auch und Ich hoffe, du stirbst, das habe ich mir eh schon letztes Jahr zum Geburtstag gewünscht, und unsere jüngste Schwester gab ein sehr trauriges Wimmern von sich und wir anderen fragten uns, was eigentlich das Problem unserer ältesten Schwester war.

Dann hob unsere älteste Schwester die Qualle mit einer Schaufel auf ein Plastiksieb, und wir alle standen darum herum und schaufelten Sand auf die Qualle und schüttelten das Sieb, bis die Qualle vollständig mit Sand bedeckt war und aussah wie panierte Chicken McNuggets.

Dann ließen wir die Qualle auf eine Frisbee plumpsen und rannten zurück zum Haus, vor dem unsere Eltern in ihren Strandstühlen saßen und sich sonnten. »GENIESST EUER KÖSTLICHES ABENDESSEN!«, schrien wir und schmissen die Qualle auf unsere Mutter, aber wir trafen sie nicht. Dann rannten wir weg und flüchteten in die Dünen, wo wir uns versteckten und einen neuen Plan ausheckten für den nächsten Angriff.

Das erste Problem, das sich uns stellte, war: Was, wenn die Flut kam und die Qualle fortspülen würde, noch bevor wir sie uns zurückholen könnten? Gerade als die Flut am höchsten war, klappten unsere Eltern glücklicherweise die Strandstühle zusammen, sammelten all ihr Strandzeug ein und gingen wieder zurück ins Haus.

Die Qualle hatte während ihrer Abenteuer ein paar Blessuren erlitten. Jetzt quoll noch mehr von der stinkigen Flüssigkeit aus ihr heraus, und sie war mit einer schmutzig-verkrusteten Linie überzogen, die wir nicht einmal durch starkes Bürsten von ihr abbekamen, aber dabei schälte sich ein faustgroßes Stück vom Rest des Körpers ab und fiel herunter. Das war so dermaßen ekelhaft, dass wir alle aufhören wollten, aber unsere älteste Schwester überzeugte uns davon, dass es etwas Gutes hatte, dass das mit der Qualle so ekelig war, denn dann würde es noch widerlicher sein, sie zu essen. Sie erinnerte uns daran, wie gemein unsere Eltern den ganzen Sommer über zu uns gewesen waren, und sie sagte, wenn wir nicht etwas wirklich Schlimmes unternehmen würden, um sie zu bestrafen, würden sie das nie verstehen und uns noch schlechter behandeln. Danach einigten wir uns darauf, weiterzumachen, aber keiner von uns wollte die Qualle anfassen, also zog unsere älteste Schwester ihr T-Shirt aus, das sie zum

Schutz vor der Sonne trug, und wickelte die Qualle darin ein, so dass wir sie ins Haus schmuggeln konnten.

Als wir hineinkamen, lenkte unsere jüngste Schwester unsere Eltern ab, indem sie so tat, als müsste sie weinen, während unsere älteste Schwester sich ins Schlafzimmer schlich und die Qualle unter dem Kissen unserer jüngsten Schwester versteckte. Dann mussten wir uns alle aufs Sofa setzen und uns eine Standpauke darüber anhören, Was wir nicht anfassen, warum wir nicht über die Stränge schlagen dürften, was noch als Streich durchging, und übers regelmäßige Händewaschen. Dann sagten unsere Eltern, wir müssten jetzt duschen und dürften später keine Filme mehr gucken, weshalb wir normalerweise wütend geworden wären, aber wir dachten, dass wir nach dem, was wir zum Abendessen geplant hatten, vermutlich sowieso nie wieder Filme gucken dürften.

Nachdem sie mit ihrer Standpauke fertig waren und wir unter die Dusche mussten, gingen unsere Eltern im Wohnzimmer ein Bier trinken. Wir brachten unsere jüngste Schwester dazu, wieder Wache zu halten, dieses Mal, um die Katze davon abzuhalten, die Qualle zu fressen, denn die war total wild darauf. Schließlich begann unsere jüngste Schwester wieder zu weinen und beschwerte sich, dass die Katze sie gekratzt hätte, also sperrten wir die Katze im Bad ein und hofften, dass unsere Eltern nicht bemerken würden, dass die Katze fehlte, bis es zu spät war.

Zum Abendessen gab es Nudeln ohne alles, so, wie es unsere Eltern angekündigt hatten. Auch wenn wir alle frisch geduscht waren und die Qualle weit weg im Schlafzimmer war, hörten unsere Eltern nicht auf, in der Luft herumzuschnuppern und zu sagen »Was *ist* das?« und unsere jüngste Schwester bekam nicht einmal Ärger, als sie sagte, das sei vermutlich der Körpergeruch unserer ältesten Schwester.

Um genau 18 Uhr entschuldigte sich unsere älteste Schwester wie geplant, um angeblich im Bad zu verschwinden, und dann schrie sie aus dem Flur »Oh, mein Gott, Mama, Papa, kommt schnell her, ihr werdet nicht glauben, was die Katze angerichtet hat!«, und als sie in den Flur rannten, sprang der Rest von uns auf, rannte rasch ins Schlafzimmer, schnappte sich die Qualle und brachte sie zurück in die Küche. Wir kippten Mamas Nudeln auf den Tisch, legten die Qualle auf ihren Teller und packten dann die Nudeln oben drauf, so dass es so aussah, als würde die Qualle eine Perücke tragen. Dann streuten wir eine ordentliche Portion Parmesankäse darüber.

Als unsere Eltern aus dem Flur zurückkamen, saßen wir unschuldig auf unseren Plätzen. Unsere Eltern waren so damit beschäftigt, mit unserer ältesten Schwester zu schimpfen, weil sie so ein Theater gemacht und wegen der Katze gelogen hatte, dass sie zuerst gar nicht bemerkten, dass irgendwas nicht stimmte. »Nein, jetzt aber mal wirklich, Carol, was *stinkt* denn hier so?«, fragte Papa schließlich, aber Mama war so mit ihrer Strafpredigt beschäftigt, dass sie ihn ignorierte, stattdessen nach ihrer Gabel griff, beherzt in die Nudelqualle hineinstach und begann, sie auf der Gabel aufzudrehen.

Genau in dem Moment, als sie die Gabel zum Mund führte, verlor unsere jüngste Schwester die Nerven. »Nein!«, schrie sie. »Nein, Mama, nein!«

Unsere älteste Schwester wurde feuerrot. »Halt die Klappe!«, schrie sie unsere jüngste Schwester an. »Halt die Klappe, halt die Klappe, halt die Klappe, du machst alles kaputt!«

»So sprichst du nicht mit deiner Schwester!«, rief Papa.

»Du kannst mich mal so was von, Papa!« schrie unsere älteste Schwester, und unser Vater machte einen Satz zu ihr herüber, um ihr eine zu scheuern, aber weil sie sich duckte, erwischte er stattdessen ein Glas Milch, das umfiel, während die Katze auf den

Tisch sprang und sich ein Stück von der Qualle schnappte, und das war der Moment, in dem Mama schließlich begriff, was am anderen Ende ihrer Gabel hing, und sich über ihren Teller erbrach.

Wir brauchten alle Monate, um uns davon zu erholen.

Unsere Eltern waren länger sauer auf uns, als wir es je erlebt hatten. Morgens begegneten sie uns mit einem Stirnrunzeln und tagsüber sprachen sie nur mit uns, um zu sagen, Mach dies, Mach jenes und Das ist nicht witzig und Weisst du nicht mehr, was das letzte Mal passiert ist. Fernsehen war im Grunde auf ewig gestrichen und Filme gucken für noch viel länger. Unsere älteste Schwester musste mit einer Therapie anfangen, von der unsere Eltern behaupteten, sie sei keine Strafe, aber natürlich kaufte ihnen das keiner ab.

Unsere jüngste Schwester hatte auf einmal Schlafstörungen. Sie sagte immer wieder, dass ihr Bett nach Qualle stinke. Unsere Eltern wechselten die Laken und drehten die Matratze herum, aber es half nichts. Sie wachte fast jede Nacht von Alpträumen geplagt auf, in denen sie die Qualle aß, und ihr der Schleim die Kehle hinabrann, während die sandige Panade zwischen ihren Zähnen knirschte.

Ungefähr zu Schulbeginn kehrten wir schließlich zu unserem normalen Alltag zurück. Unsere älteste Schwester bekam ein Medikament, das sie weniger gemein machen sollte, und unsere jüngste Schwester ein neues Bett. Und endlich sagten unsere Eltern zum ersten Mal seit der Sache mit der Qualle, dass wir einen Film gucken und Pizza bestellen dürften. Wir duschten ohne Aufforderung und schlüpften in unsere Schlafanzüge, und als unsere jüngste Schwester sagte, sie fürchte sich, Filme zu schauen, die erst ab 12 freigegeben sind, ärgerte sie unsere älteste Schwester nicht, sondern las einfach weiter ihr Buch.

Lange war es nicht mehr so schön gewesen, als der Pizzabote klingelte. Unsere Eltern baten uns, den Tisch zu decken und schon mal die Milch einzuschenken, während sie die Pizza holten.

»Juhu, rief unsere kleinste Schwester. »Pizza, Pizza, ich liebe Pizza.«

»Oh, Pizza, was habe ich dich vermisst«, sagte unsere älteste Schwester.

Unsere Mutter kam mit dem Pizzakarton herein. Fast stolperte sie über die Katze, die um ihre Beine herumstrich.

»Zeit für Pizza!«, sagte sie, und alle applaudierten.

»Freut ihr euch schon?«, fragte unser Vater. »Hebt die Hand, wenn Pizza euer Lieblingsessen ist.«

Alle von uns hoben die Hand, bis auf unsere jüngste Schwester. Sie blickte auf den Tisch und errötete. »Nudeln mit Käse«, flüsterte sie.

»Wusstest du, dass es in New York ein Restaurant gibt, das Nudeln-mit-Käse-Pizza serviert?«, fragte unsere älteste Schwester. »Sie packen die Nudeln mit Käse einfach auf die Pizza drauf. Ich wette, wenn du das probieren würdest, wäre Pizza auch dein Lieblingsessen.«

»Das stimmt vielleicht!«, sagte unsere jüngste Schwester und hob nun auch die Hand.

Mama stellte den Pizzakarton auf dem Tisch ab.

»Warte mal kurz«, sagte unsere älteste Schwester. »Was habt ihr auf die Pizza drauf bestellt?«

»Nur das, was ihr Kinder am liebsten mögt«, sagte Mama.

»Anchovis?«, fragte unsere älteste Schwester misstrauisch. »Ihr wisst, dass keiner von uns Anchovis mag.«

»Keine Anchovis«, sagte Mama. »Etwas viel Besseres.«

»Seid ihr sicher? Es riecht echt ganz schön doll nach Anchovis.«

»Ich mag den Geruch nicht«, sagte unsere jüngste Schwester. »Es riecht gruselig.« Sie begann zu weinen.

»Kein Heulen am Pizzaabend«, sagte Mama. Papa öffnete den Pizzakarton.

»Na, macht schon«, sagten sie lächelnd. »Genießt euer köstliches Abendessen!«

MAGDALENE THORESEN
In Hardanger

Der Øifjord genannte Arm des Hardangerfjordes ist umschlossen von gewaltigen Gebirgsketten, die sich kalt und abweisend vom Wasser zurückziehen und im trotzigen Bewusstsein ihrer eigenen Kraft zu ruhen scheinen. Denn wenn sich der Fjord auch an manchen Stellen an die schroffen Felsen schmiegt wie ein Kind in seine weichen Kissen, während er zu anderen Zeiten vom Sturm zu wilder Wut aufgepeitscht wird und seine Wellen wie im Aufruhr an den Bergwänden hochschäumen lässt – der Berg verändert sein Gesicht nicht. Er steht da, gleichsam versunken in seine eigene Geschichte. Er lässt sich nicht von der wilden Gischt zum Kampf herausfordern, er lässt sich nicht von den kleinen plätschernden Wellen zum Spiel verlocken. Er ist sich selbst genug. Aber das Wasser kann ihm doch zum Schicksal werden. Das Wasser ist ein unersättliches Ungeheuer, das mit sanfter Zunge den Fels beleckt und erst dann satt ist, wenn es den Stein zu Sand zerrieben hat und die Welle als Siegerin darüber hinwegspült.

Es war an einem Tag im Hochsommer. Die Sonne schien lächelnd und heiß über dem Fjord. Ein leichter Gegenwind trieb uns die kleinen Wellen entgegen, und es hätte leicht sein müssen, sie zu zerteilen. Aber die Strömung war stark, und das Boot kam nur langsam vorwärts, obwohl es leicht gebaut war und drei Männer an den Riemen saßen.

Nun legten wir eine Pause ein. Der Proviantkorb wurde hervorgeholt, und wir verzehrten unseren bescheidenen Imbiss, während das Boot wie eine Nussschale auf den Wellen schaukelte und jeden Augenblick auf den rötlichen Felsen geworfen zu werden drohte, der wie ein gewaltiger Buckel aus dem Wasser ragte.

Auf dem Bergrücken wurde es jetzt lebendig. Dort oben waren Menschen an der Arbeit, jemand schwang eine Sichel, und man konnte hier und da eine Gestalt sehen, die versuchte, das zwischen den Felsbrocken spärlich wachsende Gras zu mähen.

Beim Essen machte jeder der Männer im Boot eine Bemerkung, und aus allen Bemerkungen ging hervor, dass sie die Leute oben am Hang kannten, und dass es sich um Knut Legre handelte, den reichsten Bauern der Gemeinde, der dort seine Almwirtschaft betrieb.

Dann war ein Schrei zu hören! Das Echo trug ihn über die Berge hinweg. Und nun noch einer! Es war eine Frauenstimme, aber diesmal klang sie geradezu munter und zufrieden. Was mochte da passiert sein?

Wir legten die Hand an die Stirn. Ein buntes Kleidungsstück schwebte an der Felswand nach unten und blieb an einem kräftigen Wacholderbusch hängen, der ungefähr tausend Fuß über dem Wasserspiegel seine Zweige über das Wasser ausstreckte.

Nun wurde uns von oben her etwas zugerufen, und trotz der großen Entfernung konnten wir jedes Wort wie durch ein Sprachrohr verstehen. Es war, als würden die Wörter wie über einen Strahl in gerader Linie zum Boot herabgesandt.

Wir erfuhren nun, dass Thorbjørg Legre ein Kleid aus den Händen geglitten war, als sie es gerade über einen Strauch hängen wollte, damit es für den Heimweg sauber und ordentlich bliebe.

Und jetzt sah sie es hier unten am Wacholderbusch hängen und nach und nach in Fetzen reißen.

Denn herunterzuklettern, um es zu holen, wäre unmöglich. Niemand dachte auch nur an ein solches Unterfangen. Über dem Boot erhob sich die glatte, ein wenig vorgewölbte Felswand in schwindelerregende Höhen, und so weit das Auge reichte, gab es für einen Fuß auch nicht den kleinsten Halt. Ja, sogar der bloße Gedanke schien an der Felswand abzurutschen.

»Was gibst du mir für dein Kleid, Thorbjørg?«, rief der Jüngste der Bootsleute nach oben. Es war ein hübscher Junge mit braunen Haaren, lebenslustigen blauen Augen, einem spöttischen Lächeln und ab und zu streng gerunzelter Stirn.

»Es hat ja nicht mal Zweck, nachzusehen, wo es hängt«, rief eine helle junge Frauenstimme.

»Was gibst du mir für dein Kleid, habe ich gefragt«, wiederholte der Junge.

»Gib doch nicht so an«, rief das Mädchen und lachte. »Hol es dir, wenn du es unbedingt haben willst. Es sei dir gegönnt!«

»Na gut«, sagte der Junge und zog seine Jacke aus. »Ich nehme dich beim Wort.«

»Was hast du vor, du junger Spund?«, herrschte ihn der Älteste im Boot an, ein alter Mann, der gerade die letzten Fleischfasern von einem Schinkenknochen nagte.

»Was ich vorhabe?«, fragte der Junge lächelnd. »Ich habe vor, mir ein Kleid zu holen, das mir geschenkt worden ist.«

»Was für ein Unfug!«, meinte der Alte schroff. »Hier gibt es doch weit und breit keine Stelle, an die du deinen Fuß setzen kannst, und es wird später Abend, bis wir weiterfahren können.«

Aber der Junge ließ sich von seinem Vorhaben nicht abbringen. Er wollte das Kleid unter allen Umständen holen, und wenn es keinen Halt für seinen Fuß gab, musste er eben einen herstellen. Und damit öffnete er am Heck des Bootes einen kleinen Kasten und holte einige kurze Holzstäbe heraus, wie alle Bootsleute sie bei sich führen, um im Notfall eine Dolle schnitzen zu können. Im Stehen fing er nun an, diese Stäbe an der Spitze keilförmig zurechtzuschnitzen, während er ab und zu aus seinen wasserblauen Augen einen aufmerksamen Blick die Felswand hochwandern ließ. Und jedes Mal, wenn er den Wacholderbusch sah, lief ein Leuchten über sein dunkles, sonnengebräuntes Gesicht.

Nun brachte er das Boot wieder dichter unter die Felswand, stellte sich auf Zehenspitzen, reckte sich, so hoch es nur ging, trieb einen Keil in einen von unten unsichtbaren Felsspalt und schwang oder, besser gesagt, schob sich mit unvorstellbarer Geschwindigkeit auf das Holzstück und stellte seinen Fuß darauf. Abermals richtete er sich zu seiner vollen Größe auf, presste sich mit der einen Körperseite an die Felswand und fand endlich einen weiteren Spalt, in den er den zweiten Keil rammte. Auf diesen schob er sich nun hinauf und brachte wieder weiter oben den Nächsten an. Danach hängte er sich mit dem Fuß an das oberste Holz, ließ sich zum mittleren herunter, hielt sich mit einer Hand daran fest und zog mit der anderen den ersten Keil aus dem Spalt. Danach stellte er den Fuß auf den mittleren Keil, drehte sich um und fing von vorn an. Auf diese Weise kam er auf seiner gefährlichen Leiter im Schneckentempo immer weiter nach oben. Immer mit der glatten runden Felswand über sich und dem gierigen Wasser unter sich.

Es war unmöglich, ihn aus den Augen zu lassen, aber zugleich war es eine Qual, ihn zu beobachten. Es war fast wie beim Hören einer Spukgeschichte: Je mehr man sich dabei fürchtet, umso mehr will man bis zum Ende zuhören. Darin offenbart sich für einen Moment das Dämonische in unserem Wesen.

Den Männern im Boot ging die Sache offenbar nicht sehr nahe. Sie schauten zwar immer wieder zu dem nun etwas kleiner wirkenden Jungen hoch, aber sie zeigten keinerlei Unruhe oder Besorgnis, sondern die Miene, mit der sie sonst den Zug der Wolken beobachteten, um die Entfernung eines Unwetters oder die Windrichtung festzustellen. Einer sagte, es könne schwer werden, sich da oben festzuhalten, und ein anderer sagte, der Junge werde es schon schaffen, und so ein Abenteuer sei doch ganz nach seinem Geschmack. Ab und zu gähnte der Alte, und der Jüngere sang eins der Volkslieder, die eigentlich Frohsinn ausdrücken sollen und sich doch immer langsam und schwermütig dahinschleppen, wie ein kränkliches Kind zwischen seinen Spielkameraden, und die nicht einen einzigen fröhlichen Gedanken auslösen können, nicht beim Sänger und nicht beim Zuhörer.

Bisher hatten sich die Menschen oben auf dem Berg still verhalten. Aber nun brach ein Keil, der Junge rutschte ab und hing erschöpft am obersten Holzstück. Irgendwo oben ertönte ein schriller Schrei, und eine tiefe Männerstimme rief:

»Nicht loslassen! Bist du schon müde?«

»Nichts da! Das Holz ist müde, ich doch nicht!«, rief der Junge verärgert, zog sich wütend auf den Keil und trieb dann wieder ein Stück Holz nach dem anderen in die Felsritzen, mit so viel Ausdauer und Kraft, dass er nach einiger Zeit dann wirklich auf dem Wacholderbusch saß. Und bestimmt war niemals eine Siegestrophäe von einem stolzeren Ort und mit einem größeren Glücksgefühl erobert worden als dieses rotgestreifte Kleid, das der Junge, der auf dem Wacholderbusch zwischen Himmel und Erde schwebte, jetzt im Sonnenschein durch die Luft schwenkte.

»Was gibst du mir nun für dein Kleid, Thorbjørg?«, rief er triumphierend.

»Du solltest dich schämen, für so einen Fetzen dein Leben aufs Spiel zu setzen«, brummte nun der Bass von vorhin.

»Ach, das Kleid gefällt mir sehr gut«, sagte der Junge. »Und jetzt gehört es mir.« Und damit löste er sein Halstuch und band sich das Kleid damit auf den Rücken.

»Du hast doch gar keine Frau, die es anziehen könnte, Junge«, sagte der Mann oben am Hang.

»Es kann doch nie schaden, etwas auf Vorrat anzuschaffen«, erwiderte der Junge fröhlich und machte sich an den Abstieg. »Ich kann es als Brautkleid für meine Liebste aufheben.« Und damit schwang er sich vom Wacholderbusch nach unten.

»Oho!«, rief der Mann lachend von oben. »So ist das also! Dann pass aber auf, dass du nicht noch mit deinem Kleid kopfüber ins Wasser fällst. Sonst muss sich deine Liebste am Ende nach einem anderen Bräutigam und einem anderen Brautkleid umsehen.«

»Ach, am schlimmsten ist es immer, ehe man losgelegt hat«, sagte der Junge und machte weiter mit dem Abstieg.

Der ging zwar schneller als der Aufstieg, war aber mit sehr viel mehr Anstrengung und Gefahr verbunden. Beim Aufstieg hatten wir immer dann am meisten gezittert, wenn sich der Junge umdrehte, um den untersten Keil herauszuziehen, um sich dann wie eine Schnecke zusammenzukrümmen und auf dem mittleren Keil Halt zu suchen. Beim Abstieg war die Spannung jedoch am größten, wenn er nur mit einem Fuß am oberen Haken hing, sich mit dem Knie auf den mittleren stützte und sich nach unten streckte, auf der Suche nach einem Spalt, in den er den dritten Keil schieben könnte. Beim Aufstieg hatte es ab und zu ausgesehen, als ob ihm die Sache Vergnügen bereitete. Als er aber langsam an der Felswand herabglitt, gab es für uns nur diesen einen Gedanken: Hoffentlich kommt er mit dem Leben davon!

Die Kameraden schwiegen, sie verzogen keine Miene, und auch das Gesicht des Alten verdüsterte sich immer mehr.

Aber der Junge arbeitete sich tapfer nach unten. So leicht wollte er sein Leben nicht hergeben! Eigentlich hatte es doch gerade erst richtig angefangen, und einen solchen Einsatz war es wohl wert?

Ah! Noch einige tollkühne Griffe – und da stand er wieder im Boot. Sofort schlug hier die Stimmung um. Begrüßungsworte und Neckereien schwirrten wild durcheinander, und erst durch diesen Gegensatz wurde die Angst deutlich, sie schien noch einmal schnell den Kopf hervorstrecken zu wollen, um zu zeigen, dass sie da gewesen war.

Der junge Mann war ein wenig benommen, was ja auch kein Wunder war. Seine Augenlider waren gerötet, und seine Gesichtsmuskeln zitterten. »Lasst ihn erst mal zu sich kommen«, sagte der Alte, ehe er nach den Riemen griff. Aber der Junge saß schon auf einer Ruderbank, und unter dem gutmütigen Gelächter der anderen breitete er behutsam und fast schon liebevoll das Kleid auf seinen Knien aus, legte die Riemen ein, und wie eine Möwe flog das Boot nun weiter über die glitzernden Wellen.

»Jetzt musst du dir aber eine Frau suchen, die etwas von dem Kleid hat«, neckte ihn der Alte. »Es wäre eigentlich nur recht und billig, wenn eine es bekäme, die es schon kennt.«

»Ach, das wird wohl nicht so einfach sein«, meinte der Jüngere. »Thorbjørg Legre weiß, was sie will. Die lässt sich nicht auf halbe Sachen ein. Die wird den mit dem besten Hof nehmen, damit beide ordentlich etwas in die Ehe mitbringen und das Gleichgewicht richtig verteilt ist.«

»Ist mir doch egal«, sagte der Junge. »Es gibt meines Wissens außer Thorbjørg auch noch andere Mädchen hier in der Gegend.« Und er zog die Riemen so heftig durch, dass das Boot ruckte. Sein Mund jedoch war sonderbar verzogen. Der Junge presste die Lippen aufeinander, er schluckte krampfhaft und konnte nur mit Mühe Haltung bewahren. War das vielleicht ein trauriger Seufzer gewesen? Ja, das war es wohl. Denn nun stahl sich eine Träne unter den gesenkten Lidern hervor und lief über seine Wange. Worauf er ein richtig forsches Gesicht aufsetzte, es war ihm schließlich peinlich, dass wir ihn so gesehen hatten.

Dann hatten wir unser Ziel erreicht. Das Boot glitt in eine stille Bucht, die wie ein glatter Spiegel das Bild der im Sonnenuntergang glühenden steilen Berggipfel zeigte.

Während die Männer das Boot vertäuten und das Reisegepäck an Land brachten, kam ein kräftig gebauter älterer Bauer den Bergweg herunter. Schnell und sicher schritt er über den unebenen Pfad. Hinter ihm – und immer in seinen Fußstapfen – lief ein hübsches blondes Mädchen, biegsam und schlank gewachsen, wie die Birken hier am Abhang. Die beiden kamen direkt auf uns zu.

»Willkommen an Land«, begrüßte uns der Bauer. Ihm gehörte der kräftige Bass, den wir vorhin gehört hatten. »Ihr hattet heute tüchtige Leute im Boot«, fügte er auf seine kurze, schroffe Art hinzu, die keine Antwort zu erwarten schien.

»Na, diesmal bist du ja noch mit heiler Haut davongekommen, Einar«, sagte er zu dem Jungen, der unschlüssig dastand und nicht wusste, in welche Richtung er blicken sollte. »Findest du es männlich und mutig, sein Leben für einen solchen Unfug aufs Spiel zu setzen?«

Das sagte er in barschem Tonfall, aber seine Miene strafte seine Worte Lügen, denn sein Blick ruhte durchaus zufrieden auf dem Jungen. Dieser fragte jetzt, warum sie schon so früh vom Berg herunterkämen und ob sie im Boot mit nach Hause fahren wollten.

»Daran hatten wir gedacht, ja«, sagte der Bauer. »Und dann dachte ich auch, es wäre wohl das Beste, wo du dir nun schon ein Brautkleid besorgt hast, dir gleich die Braut dazuzugeben – und Thorbjørg sieht das auch so.«

Einar war keiner, der sich etwas zweimal sagen lässt. Mit einem Satz stand er bei Thorbjørg, die sich mit glühenden Wangen hinter dem breiten Rücken ihres Vaters zu verkriechen versuchte.

»Wo steckt denn Einar?«, fragte der Alte aus dem Boot. »Mir scheint, er hat sich das Mädchen hinter deinem Rücken geschnappt. Da haben sie sich ja wohl schon länger getroffen. Na ja, das kommt vor.«

»Ganz meine Meinung«, sagte der Vater und drehte sich lachend zu dem jungen Paar um. »Und jetzt müssen wir wohl an die Heimreise denken, Einar.«

Daraufhin sprang Einar ins Boot und breitete das rotgestreifte Kleid über die Ruderbank. Gleich darauf hatte Thorbjørg verlegen lächelnd darauf Platz genommen, und der tatkräftige junge Mann saß hinter ihr. Denn nun wollte der Vater auch etwas tun, und Einar sollte sich ausruhen.

Dann glitt das Boot über das stille rötlich schimmernde Wasser aus der Bucht. Ein Strahl der untergehenden Sonne fiel hell und freundlich auf das glückliche Paar – und dann war es hinter dem Felsvorsprung verschwunden.

LUCIA BERLIN
Manchmal im Sommer

Hope und ich waren sieben. Ich glaube nicht, dass wir wussten, welcher Monat oder auch nur welcher Tag es war, außer es war Sonntag. Der Sommer war schon so heiß und lang gewesen und jeder Tag genau wie der nächste, dass wir uns nicht daran erinnerten, dass es im Jahr zuvor geregnet hatte. Wir baten Onkel John, wieder ein Ei auf dem Gehweg zu braten, daran immerhin erinnerten wir uns.

Hopes Familie war aus Syrien gekommen. Es war unwahrscheinlich, dass sie herumsitzen und über das Sommerwetter in Texas reden würden. Oder erklären würden, dass die Tage im Sommer länger waren, aber dann begannen, kürzer zu werden. In meiner Familie redete man überhaupt nicht miteinander. Manchmal aßen Onkel John und ich zusammen. Meine Großmama Mamie aß mit meiner kleinen Schwester Sally in der Küche. Meine Mutter und Großpapa aßen, wenn sie überhaupt aßen, jeder in seinem Zimmer oder auswärts.

Manchmal waren alle im Wohnzimmer. Um Jack Benny oder Bob Hope oder Fibber McGee und Molly zuzuhören. Aber auch dann redete niemand. Jeder lachte allein und starrte das grüne Auge des Radios an, so wie die Leute heutzutage den Fernseher anstarren.

Was ich sagen will, ist, dass Hope oder ich noch nie etwas von der Sommersonnenwende gehört hatten oder davon, dass es in El Paso im Sommer immer regnete. Niemand redete bei mir zu Hause je von den Sternen, sie wussten wahrscheinlich nicht einmal, dass es im Sommer manchmal Sternschnuppenschwärme am nördlichen Himmel gab.

Schwere Regenfälle überfluteten die Arroyos und die Abflussgräben, zerstörten Häuser in Smeltertown und spülten Hühner und Autos davon.

Als es anfing zu blitzen und zu donnern, reagierten wir mit simpler Angst. Zusammengekauert auf Hopes Vorderveranda, in Decken gewickelt, lauschten wir voller Furcht und Fatalismus dem Krachen und Grollen. Wir konnten allerdings auch nicht wegsehen, drängten uns zitternd aneinander und ließen uns gegenseitig hinschauen, wenn die Pfeile über der ganzen Länge des Rio Grande aufleuchteten und ins Kreuz von Mount Cristo Rey einschlugen, im Zickzack in den Schornstein der Schmelzhütte fuhren, blitz blitz. Wumm. Zur gleichen Zeit brach die Straßenbahn durch einen Kurzschluss in eine Funkenkaskade aus, und alle Passagiere kamen herausgerannt, als es gerade anfing zu regnen.

Es regnete und regnete. Es regnete die ganze Nacht. Die Telefone fielen aus, und die Lichter gingen aus. Meine Mutter kam nicht nach Hause, und Onkel John kam nicht nach Hause. Mamie machte im Holzofen ein Feuer an, und als Großpapa nach Hause kam, nannte er sie eine Idiotin. Der Strom ist ausgefallen, du Dummkopf, nicht das Gas, doch sie schüttelte den Kopf. Das verstanden wir vollkommen. Keiner Sache war zu trauen.

Wir schliefen auf Pritschen auf Hopes Veranda. Wir schliefen tatsächlich, obwohl wir beide schworen, wir wären die ganze Nacht wach gewesen und hätten den Regenvorhängen zugesehen, die herunterkamen wie Fenster aus Glasbaustein.

Wir frühstückten in beiden Häusern. Mamie machte Biskuit und Soße, bei Hope aßen wir *kibbe* und syrisches Brot. Ihre Großmutter flocht unsere Haare in feste französische Zöpfe, sodass unsere Augen für den Rest des Vormittags nach außen gezogen wurden, als wären wir Asiaten. Wir verbrachten den

Morgen damit, im Regen herumzuwirbeln, bis uns kalt wurde, wir uns abtrockneten und wieder hinausgingen. Unsere beiden Großmütter kamen heraus, um zuzuschauen, wie ihr Garten gänzlich weggespült wurde, die Mauern hinab, hinaus auf die Straße. Rotes kalkhaltiges Lehmwasser schwoll rasch bis über den Gehweg an und stieg bis zur fünften Stufe der Betontreppen unserer Häuser hoch. Wir sprangen ins Wasser, das warm und dick wie Kakao war und uns mehrere Seitenstraßen weit mit sich trug, schnell, unsere Zöpfe trieben oben. Wir sprangen raus, rannten im kalten Regen zurück, an unseren Häusern vorbei und bis zum Ende der Straße, sprangen zurück in den Fluss der Straße und wurden wieder fortgerissen, noch mal und noch mal.

Die Stille verlieh dieser Flut eine besonders gespenstische Magie. Die Straßenbahnen fuhren nicht, und tagelang sah man keine Autos. Hope und ich waren die einzigen Kinder in der Straße. Sie hatte sechs Brüder und Schwestern, die aber größer waren und entweder im Möbelladen helfen mussten oder einfach immer irgendwo anders waren. Auf der Upson Avenue wohnten hauptsächlich Schmelzhüttenarbeiter im Ruhestand oder mexikanische Witwen, die kaum Englisch sprachen, frühmorgens und abends in die Holy Family zur Messe gingen.

Hope und ich hatten die Straße für uns allein. Zum Rollschuhfahren und Himmel-und-Hölle und Jacks spielen. Früh am Morgen oder abends gossen die Frauen ihre Pflanzen, aber die übrige Zeit blieben sie drinnen, hielten Fenster und Fensterläden fest geschlossen, damit die furchtbare texanische Hitze, vor allem aber der rote Kalkstaub und der Rauch der Schmelzhütte nicht hineindrangen.

Jede Nacht verbrannten sie in der Schmelzhütte Holz. Wir saßen draußen unter den Sternen, und dann schossen die Flammen aus dem Schornstein, gefolgt von gewaltigen, üblen Ausstößen schwarzer Rauchwolken, die den Himmel verdunkelten und über alles um uns herum einen Schleier legten. Eigentlich war es ziemlich entzückend, die Schwaden und Wogen am Himmel, aber unsere Augen brannten, und der Geruch nach Schwefel war so stark, dass wir würgen mussten. Hope machte das immer, aber sie tat nur so. Damit man eine Vorstellung davon hat, wie beängstigend das jede Nacht war: Als in der Wochenschau im Plaza Kino die erste Atombombe gezeigt wurde, brüllte ein mexikanischer Witzbold: »*Mira*, die *esmelter*!«

Der Regen hörte kurz auf, und da geschah die zweite Sache. Unsere Großmütter schaufelten den Sand weg und fegten ihre Gehwege. Mamie war eine furchtbare Haushälterin. »Sie war an farbige Haushaltshilfen gewöhnt, deshalb«, sagte meine Mutter.

»Und du hattest Daddy!«

Sie fand das nicht lustig. »Ich werde meine Zeit nicht damit verschwenden, diese kakerlakenverseuchte Bude sauber zu machen.«

Aber Mamie gab sich Mühe mit dem Hof, fegte Stufen und Gehweg, goss ihren kleinen Garten. Manchmal stand sie direkt dort am Zaun, wo auf der anderen Seite Mrs. Abraham stand, aber sie ignorierten einander komplett. Mamie traute Ausländern nicht, und Hopes Großmutter hasste Amerikaner. Mich mochte sie, weil ich sie zum Lachen brachte. Eines Tages standen alle Kinder in einer Reihe am Herd, und sie gab ihnen *kibbe* auf frischgebackenem warmem Brot. Ich stellte mich einfach an, und bevor es ihr klar wurde, hatte sie mir ein Stück gegeben. Auf diese Weise wurde auch mein Haar jeden Morgen gekämmt und geflochten. Beim ersten Mal tat sie so, als würde sie es nicht bemerken, sagte auf Syrisch zu mir, ich solle stillhalten, schlug mir mit der Bürste auf den Kopf.

Neben dem Haus der Haddads gab es einen leeren Platz. Im Sommer war er von Unkraut überwuchert, schlimme Disteln, durch die man nicht hindurchlaufen wollte. Im Herbst und im Winter sah man, dass der Platz mit zerbrochenem Glas bedeckt war. Blau, braun, grün. Meistens von Hopes Bruder und seinen Freunden, die mit Luftgewehren auf Flaschen schossen, aber auch von weggeworfenen Flaschen. Hope und ich suchten nach Flaschen, die wir gegen Pfand zurückbringen konnten, und die alten Frauen trugen Flaschen in ihren ausgebleichten mexikanischen Körben zum Sunshine-Lebensmittelmarkt. Aber damals warfen die meisten, wenn sie eine Limonade getrunken hatten, die Flasche irgendwohin. Ständig flogen Bierflaschen aus Autofenstern, gefolgt von kleinen Explosionen.

Ich verstand jetzt, dass es mit der Sonne zusammenhing, die so spät unterging, erst, nachdem wir beide Abendbrot gegessen hatten. Wir waren wieder draußen, hockten auf dem Gehweg und spielten Jacks. Nur wenige Tage lang konnten wir von unserer Position dicht am Boden in dem Augenblick unter das Unkraut auf dem Platz sehen, in dem die Sonne den Mosaikteppich aus Glas traf. Sie schien in einem bestimmten Winkel durch das Glas wie durch das Fenster einer Kathedrale. Diese magische Vorführung dauerte nur wenige Minuten, ereignete sich nur an zwei Tagen. »Schau!«, sagte sie beim ersten Mal. Wir saßen da, gebannt. Ich hielt die Metallsternchen fest umschlossen in meiner verschwitzten Hand. Sie hielt den Golfball hoch in die Luft, wie die Freiheitsstatue. Wir sahen zu, wie sich das Kaleidoskop aus Farben schillernd vor uns ausbreitete, dann weich und verschwommen wurde, dann verschwand. Am nächsten Tag geschah es wieder, aber am Tag darauf wurde die Sonne nur still zu Staub.

Irgendwann, kurz nach dem Glas, oder vielleicht war es auch vorher, machten sie die Feuer in der Schmelzhütte frühzeitig. Natürlich machten sie sie immer zur selben Zeit. Um neun Uhr abends, aber das war uns nicht klar.

Am Nachmittag hatten wir bei mir auf den Stufen gesessen und die Rollschuhe abgeschnallt, als das große Auto vorgefahren war. Ein glänzend schwarzer Lincoln. Ein Mann saß auf dem Fahrersitz, er trug einen Hut. Er ließ das Fenster an unserer Seite heruntergleiten. »Elektrische Fenster«, sagte Hope. Er fragte, wer im Haus wohnen würde. »Sag's ihm nicht«, sagte Hope, aber ich sagte es ihm. »Dr. Moynahan.«

»Ist er zu Hause?«

»Nein. Niemand ist zu Hause, außer meiner Mutter.«

»Ist das Mary Moynahan?«

»Mary Smith. Mein Vater ist ein Leutnant im Krieg. Wir bleiben solange hier«, sagte ich.

Der Mann stieg aus dem Auto. Er trug einen Anzug mit Weste und einer Uhrenkette, ein gestärktes weißes Hemd. Er gab jedem von uns einen Silberdollar. Wir hatten keine Ahnung, was das war. Er sagte uns, dass es Dollars waren.

»Werden sie das als Geld in einem Laden annehmen?«, fragte Hope. Er sagte ja. Er ging die Treppe hinauf und klopfte an die Tür. Als niemand antwortete, drehte er an der Metallkurbel, die ein kratzendes Klingeln auslöste. Nach einer Weile ging die Tür auf. Meine Mutter sagte wütende Dinge, die wir nicht hören konnten, und schlug die Tür zu.

Als er wieder nach unten kam, gab er jeder von uns noch zwei Silberdollars.

»Ich muss mich entschuldigen. Ich hätte mich vorstellen sollen. Ich bin F. B. Moynahan, dein Onkel.«

»Ich bin Lu. Das ist Hope.«

Dann fragte er, wo Mamie sei. Ich sagte ihm, dass sie in der First-Texan-Baptist-Kirche im Stadtzentrum gegenüber der Bibliothek wäre. »Danke«, sagte er und fuhr weg. Wir stopften die Dollars in unsere Socken. Gerade rechtzeitig, denn meine Mutter kam die Stufen hinuntergerannt, Lockenwickler in den Haaren.

»Das war dein Onkel Fortunatus, die Schlange. Wag es nicht, auch nur einer Menschenseele zu sagen, dass er da war. Hörst du mich?« Ich nickte. Sie schlug mir auf Schulter und Rücken. »Sag kein Wort zu Mamie. Er hat ihr das Herz gebrochen, als er weggegangen ist. Hat sie alle dem Hunger überlassen. Es wird sie aufregen. Kein Wort. Verstanden?« Ich nickte noch einmal.

»Antworte mir!«

»Ich sag kein Wort.«

Zur Sicherheit gab sie mir noch einen Klaps und ging wieder hinauf.

Später waren alle zu Hause, jeder in seinem Zimmer, wie üblich. Das Haus hatte vier Schlafzimmer, die auf der linken Seite des Flurs lagen, ein Badezimmer am Ende, und auf der anderen Seite waren die Küche, das Speisezimmer und das Wohnzimmer. Der Flur war immer dunkel. Pechschwarz in der Nacht, blutrot von den Buntglasspiegeln tagsüber. Ich hatte Angst, auf die Toilette zu gehen, bis Onkel John mir beibrachte, an der Haustür zu beginnen und mir immer wieder zuzuflüstern »Gott wird mich beschützen. Gott wird mich beschützen« und wie der Teufel zu rennen. An diesem Tag ging ich auf Zehenspitzen, weil meine Mutter im vorderen Schlafzimmer Onkel John erzählte, dass Fortie hergekommen war. Onkel John sagte, er wünschte, er wäre da gewesen, damit er ihn hätte erschießen können. Dann blieb ich vor der Tür zu Mamies Zimmer stehen. Sie sang Sally in den Schlaf. So süß. »Way down in Missoura when my mammy sang to me.« Als ich aus dem Bad kam, war Onkel John in Großpapas Zimmer. Ich lauschte, als Großpapa zu Onkel John sagte, dass Fortunatus versucht hatte, in den Elks Club hineinzukommen. Großpapa hatte ihm ausrichten lassen, er solle verschwinden, sonst würde er die Polizei rufen. Sie redeten noch ein bisschen weiter, was ich aber nicht hören konnte. Nur Bourbon, der in die Gläser gluckerte.

Schließlich kam Onkel John in die Küche. Ich bekam Eistee, während er trank. Er tat sich Minze ins Glas, damit Mamie glaubte, auch er würde Eistee trinken. Er sagte mir, dass Onkel Fortunatus vor vielen Jahren von zu Hause weggegangen war, als sie ihn gerade wirklich brauchten. Sowohl John als auch Großpapa hatten heftig gesoffen und konnten nicht arbeiten. Onkel Tyler und Fortunatus unterstützten die Familie, bis Fortunatus mitten in der Nacht nach Kalifornien gegangen war. Hatte eine Nachricht hinterlassen, in der stand, dass er genug hätte vom Moynahan-Gesindel. Er hatte nie Geld oder auch nur einen Brief geschickt, kam nicht nach Hause, als Mamie beinahe gestorben wäre. Jetzt war er der Präsident irgendeiner Eisenbahngesellschaft. »Besser, du erwähnst nicht, dass du ihn getroffen hast«, sagte Onkel John zu mir.

Wegen Jack Benny waren alle im Wohnzimmer. Sally schlief weiter. Mamie saß auf ihrem kleinen Stuhl, die Bibel wie immer aufgeschlagen vor sich. Aber sie las nicht darin. Sie sah auf das Buch, und in ihrem alten Gesicht lag ein Ausdruck von Glück. Ich begriff, dass Onkel Fortunatus sie gefunden und mit ihr gesprochen hatte. Als sie aufsah, lächelte ich. Sie lächelte zu mir zurück und schaute wieder nach unten. Meine Mutter stand im Türrahmen, rauchte. Das Lächeln machte sie nervös, und hinter Mamies Rücken warf sie mir lauter Shh!-Zeichen zu und machte Gesichter. Ich schaute sie einfach mit einem ausdruckslosen Blick an, so, als hätte ich keine Ahnung, was sie meinte. Großpapa hörte Radio und lachte über Jack Benny. Er war schon betrunken. Er schwang heftig in seinem Schaukelstuhl vor und zurück und zerriss Zeitungspapier in kleine Streifen, verbrannte sie in dem großen roten Aschenbecher. Onkel John stand trinkend und rauchend im Türrahmen des Speisezimmers, nahm alles in sich auf. Er ignorierte die Zeichen, die meine Mutter ihm gab, damit er mich aus dem Zimmer brachte. Ich nahm an, dass auch er sah, wie Mamie lächelte. Meine Mutter machte husch! zu mir, damit ich ging. Ich gab vor, es nicht zu bemerken, und sang die Werbung von Fitch mit: »Wenn dein Kopf juckt, nicht kratzen! Fitch nehmen! Benutz deinen Kopf! Rette dein Haar! Nimm Fitch Shampoo!« Sie schaute mich so böse an, dass ich es nicht aushielt, also holte ich einen Silberdollar aus meiner Socke.

»Hey, guck mal, was ich gekriegt habe, Großpapa!«

Er hörte auf zu schaukeln. »Wo hast du das her? Du und die blöden Araber, habt ihr das gestohlen?«

»Nein. Es ist ein Geschenk!«

Meine Mutter schlug mir ins Gesicht. »Du miese kleine Göre!« Sie schleifte mich aus dem Zimmer und warf mich zur Tür hinaus. In der Erinnerung kommt es mir so vor, als hätte sie mich am Schlafittchen gepackt wie eine Katze, aber ich war schon sehr groß, also kann das nicht stimmen.

Sobald ich draußen war, rief Hope, ich sollte schnell rüberkommen. »Sie verbrennen heute frühzeitig!« Das meine ich damit, dass wir dachten, es wäre frühzeitig. Es war einfach noch nicht dunkel gewesen.

Gewaltige Schwaden und Fahnen schwarzen Rauchs stiegen aus dem Schornstein hoch in die Luft, drehten sich und wirbelten mit einer wahnsinnigen Geschwindigkeit herum, die Schwaden breiteten sich über unserem Viertel aus, und es war, als wäre schon Nacht, mit nebligen Rauchfahnen, die über die Dächer und in die Gassen hinunterkrochen. Der Rauch wurde dünner und tanzte und breitete sich weiter über dem gesamten Zentrum aus. Wir konnten uns nicht bewegen. Tränen rannen uns aus den Augen wegen des übelriechenden Brennens und Gestanks der Schwefelabgase. Aber als der Rauch sich über dem Rest der Stadt auflöste, war er genauso von unten beleuchtet wie das Glas von der Sonne, und so wurde sogar Rauch zu Farben. Schönes Blau und Grün und das schillernde Violett und Säuregrün von Benzin in Pfützen. Ein flackerndes Gelb und ein rostiges Rot und dann vor allem ein weiches, moosiges Grün, das sich auf unseren Gesichtern spiegelte. Hope sagte: »Igittigitt, deine Augen haben diese ganzen Farben angenommen.« Ich log und sagte, ihre auch, dabei waren ihre Augen so schwarz wie immer. Meine hellen Augen wechseln wirklich die Farbe, also haben sie sich wahrscheinlich tatsächlich in den Spiralen des Rauchs verfärbt.

Wir schnatterten nie wie die meisten kleinen Mädchen. Wir redeten überhaupt nicht viel. Ich weiß, dass wir kein Wort über die schreckliche Schönheit des Rauches oder des glühenden Glases sagten.

Auf einmal war es dunkel und spät. Wir gingen beide ins Haus. Onkel John schlief auf der Verandaschaukel. Im Haus war es heiß, und es roch nach Zigaretten, Schwefel und Bourbon. Ich kroch zu meiner Mutter ins Bett und schlief ein. Es schien mitten in der Nacht zu sein, als Onkel John mich wachrüttelte und nach draußen mitnahm. »Weck deine Freundin Hope«, flüsterte er. Ich warf einen Stein an ihr Fliegengitter, und innerhalb von Sekunden war sie draußen bei uns. Er führte uns zum Rasen und wollte, dass wir uns hinlegten. »Macht eure Augen zu. Zu?«

»Ja.«

»Ja.«

»Okay, macht die Augen auf und guckt Richtung Randolph Street zum Himmel.« Wir öffneten die Augen in die klare texanische Nacht hinein. Sterne. Der Himmel war voller Sterne, und es war, als wären es so viele, dass einige vom Rand zu springen schienen, sich hinabstürzten, ausgeschüttet wurden in die Nacht. Dutzende, Hunderte, Tausende vorüberschießender Sterne, bis sie schließlich ein Wolkenband verbarg und langsam weitere Wolken den Himmel über uns bedeckten.

»Träumt süß«, flüsterte er, als er uns zurück ins Bett schickte.

Am Morgen regnete es wieder. Es regnete und flutete die ganze Woche lang, und schließlich hatten wir genug vom Frieren und vom Schlamm und gaben unsere Dollars aus, um ins Kino zu gehen. An jenem Tag, an dem wir von »Die Seeteufel von Cartagena« zurückkamen, kehrte mein Vater gesund aus dem Krieg zurück. Kurz darauf zogen wir nach Arizona, weshalb ich nicht weiß, was in dem Sommer, der diesem folgte, in Texas geschah.

VIRGINIA WOOLF

Die Jahre

Das grüne Licht blendete sie, als sie hineinging. Es war als stünde sie in der Höhlung eines Smaragds. Alles draußen war grün. Die Statuen grauer französischer Damen standen auf der Terrasse und hielten ihre Körbe; aber die Körbe waren leer. Im Sommer würden Blumen in ihnen brennen. Grüner Rasen fiel in breiten Schwaden zwischen gestutzten Eiben; lief zum Fluß hinunter; und schwang sich dann wieder zum Hügel hinauf, der mit Wäldern gekrönt war. Nebelgekräusel lag jetzt über dem Wald – der leichte Dunst des frühen Morgens. Während sie noch schaute, summte eine Biene an ihrem Ohr; sie glaubte, das Murmeln des Flußes über den Steinen zu hören; Tauben gurrten in den Baumwipfeln. Es war die Stimme des frühen Morgens, die Stimme des Sommers. Aber die Tür ging auf. Hier war das Frühstück.

Sie frühstückte; sie fühlte sich warm, aufgehoben und behaglich, als sie sich in ihrem Stuhl zurücklehnte. Und sie hatte nichts zu tun – nicht das Geringste. Der ganze Tag gehörte ihr. Und dazu war es ein schöner Tag. Plötzlich wurde das Sonnenlicht im Raum intensiver und breitete einen weiten Lichtstreifen über den Fußboden. Die Sonne schien auf die Blumen draußen. Ein Schmetterling, ein Kleiner Fuchs, flatterte am Fenster vorbei; sie sah, wie er sich auf einem Blatt niederließ, und dort saß er, öffnete und schloß seine Flügel, öffnete und schloß sie, als labe er sich am Sonnenlicht. Sie beobachtete ihn. Der Flaum auf seinen Flügeln war von einem weichen Rostrot. Er flatterte wieder davon. Dann, von einer unsichtbaren Hand eingelassen, stolzierte der Chow herein; kam geradewegs zu ihr; schnüffelte an ihrem Rock, und ließ sich in einen hellen Fleck aus Sonnenlicht niederfallen. [...]

Die Sonne war viel stärker geworden, als sie wieder nach unten kam. Der Garten hatte bereits seine Aura der Reinheit verloren; der Dunst über dem Wald war fort. Sie konnte das Quietschen des Rasenmähers hören, als sie durch die Fenstertür trat. Das Pony mit den Gummiüberzügen an den Hufen ging auf dem Rasen auf und ab und hinterließ eine helle Spur im Gras hinter sich. Die Vögel sangen auf ihre abgehackte Art. Die Stare in ihrer hellen Rüstung pickten im Gras herum. Tau glitzerte, rot, violett, gold, auf den zitternden Spitzen der Grashalme. Es war ein vollkommener Maimorgen.

Sie schlenderte langsam über die Terrasse. Im Vorbeigehen warf sie einen Blick durch die hohen Fenster der Bibliothek. Alles war abgedeckt und zugehängt. Aber der lange Raum sah stattlicher aus als gewöhnlich, seine Proportionen ansprechend; und die braunen Bücher in ihren langen Reihen schienen stumm, voller Würde, für sich allein, für sich selbst, zu existieren. Sie verließ die Terrasse und schlenderte den langen, grasbewachsenen Pfad hinunter. Der Garten war noch leer; nur ein Mann in Hemdsärmeln verrichtete irgendeine Arbeit an einem Baum; aber sie mußte mit niemandem sprechen. Der Chow stolzierte hinter ihr her; auch er war stumm. Sie ging an den Blumenbeeten vorbei zum Fluß. Dort blieb sie immer stehen, auf der Brücke mit den in Abständen aufgereihten Kanonenkugeln. Das Wasser faszinierte sie immer. Der schnelle nördliche Fluß kam aus den Mooren herab; er war nie glatt und grün, nie tief und friedlich wie die Flüsse des Südens. Er raste; er hastete. Er breitete sich, rot, gelb und klarbraun, über die Kiesel in seinem Bett. Die Ellbogen auf die Balustrade gestützt beobachtete sie, wie er um die Bögen strudelte; sie beobachtete, wie er Rauten und scharfe Pfeilstriche über die Steine malte. Sie lauschte. Sie kannte die unterschiedlichen Geräusche, die er im Sommer und Winter machte; jetzt hastete er, er raste.

Aber der Chow war gelangweilt; er marschierte weiter. Sie folgte ihm. Sie ging den grünen Reitweg zu dem wie ein Kerzenlöscher geformten Monument auf der Kuppe des Hügels hinauf. Jeder Pfad durch den Wald hatte einen eigenen Namen. Es gab den Keeper's Path, den Lovers' Walk, die Ladies' Mile, und hier war der Earl's Ride. Aber bevor sie den Wald betrat, blieb sie stehen und sah zum Haus zurück. Unzählige Male war sie schon hier stehengeblieben; das Schloß sah grau und stattlich aus; schlafend an diesem Morgen, die Vorhänge zugezogen, und keine Flagge am Flaggenmast. Sehr nobel sah es aus, und sehr alt, und ausdauernd. Dann ging sie in den Wald hinein.

Der Wind schien sich zu erheben, als sie unter den Bäumen dahinging. Er sang in ihren Wipfeln, aber darunter war es still. Die toten Blätter knisterten unter ihren Füßen; zwischen ihnen kamen die blassen Frühlingsblumen zum Vorschein, die schönsten des Jahres – blaue Blüten und weiße Blüten, zitternd auf Kissen aus grünem Moos. Der Frühling war immer traurig, dachte sie; er brachte Erinnerungen zurück. Alles vergeht, alles verändert sich, dachte sie, als sie den schmalen Pfad zwischen den Bäumen hinaufging. Nichts von alldem gehörte ihr; ihr Sohn würde es erben; seine Frau würde nach ihr hier wandern. Sie brach einen Zweig ab; sie pflückte eine Blume und hob sie an ihre Lippen. Aber sie stand in der Blüte ihres Lebens; sie war voller Energie. Sie ging weiter. Der Untergrund stieg steil an; ihre Muskeln fühlten sich stark und geschmeidig an, als sie ihre dickbesohlten Schuhe in den Boden drückte. Sie warf ihre Blume weg. Die Bäume wurden dünner, als sie höher und höher stieg. Plötzlich sah sie den Himmel außergewöhnlich blau zwischen zwei gestreiften Baumstämmen. Sie hatte die Kuppe erreicht. Der Wind legte sich; um sie herum lag das Land weit ausgebreitet. Ihr Körper schien zu schrumpfen; ihre Augen weit zu werden. Sie warf sich auf die Erde und blickte über das wogende Land hinweg, das sich hob und senkte, immer weiter und weiter, bis es irgendwo in weiter Ferne das Meer erreichte. Unbebaut, unbewohnt, für sich selbst existierend, aus sich allein, ohne Städte oder Häuser, so sah es von dieser Höhe aus. Dunkle Keile aus Schatten, helle Breiten aus Licht, lagen Seite an Seite. Dann, während sie schaute, bewegte sich das Licht, bewegte sich das Dunkel; Licht und Schatten zogen über die Hügel und über die Täler. Ein tiefes Murmeln sang in ihren Ohren – das Land selbst, das für sich selbst sang, einen Chor, allein. Sie lag und lauschte. Sie war glücklich, völlig glücklich. Die Zeit hatte aufgehört.

NACHWEIS

Bolu Babalola Yaa. Aus: Bolu Babalola, In all deinen Farben. In der Übersetzung von Ursula C. Sturm. Copyright © 2022 der deutschsprachigen Ausgabe Julia Eisele Verlags GmbH, München.

Vicky Baum Schloßtheater. Aus: Vicki Baum, Schloßtheater. Erzählungen. Wilhelm Heyne Verlag, München 1985. Copyright © Verlag Kiepenheuer & Witsch, Köln 1985.

Lucia Berlin Manchmal im Sommer. Aus: Lucia Berlin, Abend im Paradies. Aus dem Englischen von Antje Rávik Strubel. Copyright © 2019 by Kampa Verlag AG, Zürich.

Kathleen Collins Wie sagt man. Aus: Kathleen Collins, Nur einmal. In der Übersetzung von Brigitte Jakobeit und Volker Oldenburg. Copyright © 2018 by Kampa Verlag AG, Zürich.

Tessa Hadley Meeresleuchten. Aus: Tessa Hadley, Sonnenstich. Aus dem Englischen von Marion Hertle. Copyright © 2023 by Kampa Verlag AG, Zürich.

Marlen Haushofer Die Kirschen. Aus: Marlen Haushofer, Gesammelte Erzählungen. Copyright © 2023 Claassen Verlag in der Ullstein Buchverlage GmbH, Berlin.

Elke Heidenreich Komm morgen wieder, Wirklichkeit. Lissabon. Aus: Elke Heidenreich, Ihr glücklichen Augen. Kurze Geschichten zu weiten Reisen. Copyright © Carl Hanser Verlag GmbH & Co. KG, München, 2022. Mit freundlicher Genehmigung von Carl Hanser Verlag, München.

Nella Beljan. Aufbau, Berlin 2020. Copyright © Aufbau Verlage GmbH & Co. KG, Berlin 2020.

Zadie Smith Der Fluss der Faulheit. Aus: Zadie Smith, Grand Union. In der Übersetzung von Tanja Handels. Copyright © 2021, Verlag Kiepenheuer & Witsch GmbH & Co. KG, Köln.

Magdalene Thoresen In Hardanger. Abdruck der deutschen Übersetzung mit freundlicher Genehmigung von Gabriele Haefs.

Virginia Woolf Tagebucheintrag An Vita Sackville-West, 8. Mai 1932. Aus: Virginia Woolf, Eines jeden Glück. Mit Virginia Woolf durch den Garten. Insel Taschenbuch, Berlin 2016. Copyright © Insel Verlag, Berlin 2016.

Die Jahre (1937). Aus: Virginia Woolf. Eines jeden Glück. Mit Virginia Woolf durch den Garten. Insel Taschenbuch, Berlin 2016. Copyright © Insel Verlag, Berlin 2016.

Stine Pilgaard
Meter pro Sekunde

Roman
Aus dem Dänischen
von Hinrich Schmidt-Henkel
256 Seiten
Broschiert
ISBN 978-3-98568-077-1
Auch als E-Book und Audiobuch
erhältlich

Kühe, Windräder und die sonderbare Welt einer Internatsschule: Eine junge Mutter zieht mit Mann und Baby nach Westjütland, ins »Land der kurzen Sätze«. Eine einfache Unterhaltung wird für sie zum Wagnis, und das Leben selbst ist auf einmal voller Hindernisse. Mutterschaft, Ehe und Fahrprüfung: alles kaum zu schaffen. Doch als sie Kummerkasten-Redakteurin bei der lokalen Zeitung wird, ändert sich ihr Leben, und der Himmel bricht auf.

In Dänemark war »Meter pro Sekunde« der erfolgreichste Roman der letzten Jahre. Seine besondere Mischung aus Humor, Menschenfreundlichkeit und Sprachkunst macht ihn zum Buch unserer Tage.

»Man verliebt sich geradezu in die Autorin und in diese schräge Person, die sie erfunden hat.«

Annemarie Stoltenberg, NDR

kanon verlag

ISBN 978-3-98568-169-3

1. Auflage 2025

Belziger Straße 35, 10823 Berlin
info@kanon-verlag.de

Umschlaggestaltung: HEILMEYERUNDSERNAU GESTALTUNG
Unter Verwendung einer Illustration von sorrylines.art
Herstellung: Daniel Klotz / Die Lettertypen
Satz: HEILMEYERUNDSERNAU GESTALTUNG
Druck und Bindung: Pustet, Regensburg
Printed in Germany

www.kanon-verlag.de